Numéro de Copyright

00071893-1

Ce Roman est une fiction.
Toute ressemblance avec des faits réels, existants ou ayant existé, ne serait que fortuite et pure coïncidence.
Le Code de la propriété intellectuelle interdit les copies ou reproductions destinées à une utilisation collective. Toute représentation ou reproduction intégrale ou partielle faite par quelque procédé que ce soit, sans le consentement de l'auteur ou de ses ayants droit ou ayant cause, est illicite et constitue une contrefaçon, aux termes des articles L.335-2 et suivants du Code de la propriété intellectuelle.

Secrets sous Tchernobyl

Juillet 2021

Roman

« À nos petits Anges »

© **2021 Jose Miguel Rodriguez Calvo**
Édition : BoD – Books on Demand,
12/14 rond-point des Champs-Élysées, 75008 Paris
Impression : BoD - Books on Demand,
Norderstedt, Allemagne

ISBN : 9782322379194
Dépôt légal : Juillet 2021

Secrets sous Tchernobyl

Roman

Auteur
Jose Miguel Rodriguez Calvo

« North Pole »

Synopsis

« North Pole »   ALASKA (United States)
La chute d'un engin volant inconnu met en branle les autorités du Pays.
Très vite, les experts déterminent qu'il s'agit d'un appareil d'espionnage qui pourrait cibler les nombreuses installations militaires de la zone.
Le journal « The New York Times » dépêche en URSS deux de ses meilleurs reporters.
« Jones Martins » et « Carey Roberts »

1

Dimanche 17 juillet 1988.

« North Pole », Alaska (United States).

Neuf heures du matin, le Père Johnson s'apprête à ouvrir la porte de son église St. Nicholas située sur Bth Avenue tout près de Richardson Hwy, pour débuter les préparatifs nécessaires à la célébration de l'immuable messe dominicale.

Soudain, un immense choc suivi instantanément d'une assourdissante déflagration parvint de la partie arrière du Temple.

L'ecclésiastique fait un bond en arrière et chute lourdement sur le parvis.

Une abondante colonne de fumée noire monte vers les nuages et aussitôt, une prenante odeur de carburant et plastique brulés envahit les narines et la gorge du prêtre qui reprend peu à peu ses esprits et se précipite en direction du revers du bâtiment.

Un énorme cratère fumant défigure désormais la superbe pelouse du parc à moitié boisé qui abrite la ravissante église en bois laqué, de ce paisible quartier de la ville.

Mon Dieu ! Un petit avion s'est crashé ! S'exclame l'aumônier.

Quelques rares passants accourent.

— Vite, vite ! Appelez les secours, il faut aider les occupants !

Rapidement, plusieurs véhicules de police municipale arrivent, suivis de deux ambulances.

Le Sheriff « Miller » descend de sa berline et hurle à ses hommes.

— Faites circuler les curieux, on a besoin de place !

Il s'approche en hâte du lieu de l'impact et inspecte brièvement le cratère et les quelques rares débris de la carcasse qui jonchent le sol puis fait délimiter aussitôt la zone. Moins de cinq minutes après, les secouristes arrivent à leur tour.

— À première vue, on ne distingue pas de possibles survivants ! Affirme le Sheriff.

En effet, l'ensemble de l'appareil s'était presque complètement imbriqué dans le sol.

Regardant de plus près, ils sont surpris par la forme inhabituelle des quelques fragments visibles.

— Ça n'a pas l'air d'un avion conventionnel, c'est très curieux !

Nous allons faire venir les fédéraux, ce n'est pas un engin normal ! Marmonna-t-il.

Quelques heures après, le paisible quartier était complètement bouclé et le petit parking de l'église ressemblait à un indescriptible enchevêtrement de tout ce que l'on peut compter comme forces de secours, avec des véhicules officiels : police, pompiers, ambulances et service de recherches scientifiques.

Le commandant « Gimenez » de l'antenne locale du FBI avait pris les rênes de l'ensemble des intervenants et coordonnait désormais les recherches.

La presse était déjà là naturellement, mais confinée derrière les barrières de sécurité, même si CNN s'était empressé de louer un hélicoptère, et diffusait déjà des images en direct sur tout le Pays.

On savait qu'un engin bizarre et inconnu avait fini sa course à cet endroit. Les premiers badauds arrivés avant la police avaient aussitôt été pris d'assaut et subissaient un véritable harcèlement de la part des journalistes, puisqu'avec certitude ce n'était pas un petit avion de tourisme qui s'était crashé près de St

Nicholas. C'était certain, mais quoi d'autre, personne ne le savait, même si chacun avait son idée sur le sujet. Les rumeurs les plus folles et farfelues ne tardèrent pas à circuler. Pour les journalistes c'était du pain béni.

Un satellite, un missile, ou une bombe tombée accidentellement d'un avion militaire. Il faut savoir que la base aérienne « Eielson » se trouve très proche, à environ une dizaine de kilomètres de là.

Des petits incidents s'étaient déjà produits par le passé et les habitants des environs, habitués aux vols d'entrainement presque quotidiens des avions de chasse, étaient pour ainsi dire blasés, car on avait déjà par le passé retrouvé plusieurs objets, comme une roue, des petits morceaux de panneaux de carlingue mal fixés, ou divers outils oubliés par les mécaniciens, qui étaient tombés des aéronefs.

Seulement, cette fois c'était autre chose.

« Eielson Air Force Base » est une des nombreuses bases militaires des États-Unis dans cette région stratégique d'Alaska, située près du détroit de « Béring », qui sert de frontière naturelle entre les USA et l'URSS.

Le commandant « Gimenez », avait tout de suite compris que l'on avait affaire à un objet militaire, sans savoir de quoi il s'agissait exactement, ni quel en était son origine. Cependant, il s'était empressé d'en faire part à sa hiérarchie. Il reçut l'ordre formel de transférer l'ensemble des débris ainsi que les innombrables prélèvements de la police scientifique au laboratoire central du FBI à « Quantico » en Virginie.

2

Quantico.

Service technique et scientifique du FBI.

Une bonne partie des agents du Service s'affairait autour des restes de l'engin et analysait les nombreux prélèvements effectués sur place à « North Pole ».
On essaya de reconstituer l'objet en tentant de repositionner les différents éléments trouvés, dans un ordre logique. C'était chose difficile : non seulement il s'était complètement disloqué, mais une partie avait explosé et tous les éléments importants comme les mécanismes, circuits imprimés et parties sensibles ou compromettantes avaient presque totalement brûlé, à coup sûr en s'autodétruisant.
Le chef du Service « Scoot » accompagné du général « Moore » fit irruption dans l'immense laboratoire.

— Bon sang c'est quoi cet engin ? Vociféra le général.

— Nous ne savons pas encore avec certitude, répliqua Moore, mais il semble que l'on soit en présence d'un objet volant de surveillance et d'espionnage très sophistiqué piloté à distance et avec certitude, par les Soviétiques.

— Qu'est-ce qui vous permet cette affirmation ?

— Venez, s'il vous plait mon général, voyez !

L'officier hésita une seconde, puis fit quelques pas jusqu'au microscope électronique sur lequel était posé un élément de circuit imprimé, puis il approcha ses yeux des lentilles.

— Regardez bien mon général ! C'est du cyrillique.

Effectivement, on pouvait facilement distinguer une série de caractères dans cet alphabet sur le petit morceau de circuit imprimé, bien que noirci et déformé par l'explosion.

— Nom de Dieu ! Qu'est-ce que ça veut dire ?

Que veulent-ils ces fils de pute de Ruskovs ?

Et cet engin, d'où ils le sortent ?

— Nous n'en savons encore rien mon général, mais soyez tranquille, nous allons faire le nécessaire rapidement.

— Très bien ! Je veux un rapport complet sur mon bureau demain matin.

Le général « Moore » tourna les talons de façon colérique et se dirigea vers la sortie sans prononcer le moindre mot.

Arrivé à son bureau, il décrocha le combiné du téléphone crypté et composa le numéro de la « Maison-Blanche » :

— Général Moore à l'appareil, passez-le-moi Président, c'est urgent !

La secrétaire s'exécuta à l'instant.

Après quelques minutes d'attente qui lui semblèrent une éternité, le Président des États-Unis était à l'écoute.

— Monsieur le Président, nous avons un problème, et pas anodin.

Le général exposa les faits dans les moindres détails. Le Président marqua quelques secondes de silence et répliqua.

— Moore, convoquez une réunion de crise avec les personnes que je vous indiquerai dans un instant pour demain à 17 heures.

Il lui énuméra rapidement la liste de responsables concernés.

— À vos ordres Monsieur, ça sera fait.

Le lendemain, à l'heure précise, la réunion avec l'ensemble des ministres et les généraux désignés par le Président commença et dura toute la soirée et une bonne partie de la nuit.

3

Le lendemain à la Maison-Blanche.

Un rapport complet fut apporté au bureau du Président, et les résultats des investigations étaient des plus claires et précises.
La conclusion du labo démontrait sans le moindre doute possible, qu'il s'agissait bien d'un appareil volant sans pilote à bord, contrôlé à distance et muni de plusieurs dispositifs de prise de vues extrêmement élaborés et inconnus, indéniablement d'origine soviétique.
Cependant, il ne transportait pas de charge explosive, si l'on excepte, celle permettant son autodestruction si nécessaire, qui par chance n'avait pas réussi à tout détruire, sans doute dû à une défaillance ou par le fait que l'appareil se soit profondément enfoncé dans la terre meuble du parc.

Le Président convoqua une nouvelle réunion, pour faire part de sa décision.

— Pas un mot ne doit filtrer à la presse sur la nature de l'objet ni des résultats des analyses, précisa-t-il avec la plus grande insistance.

Nous allons parler d'un satellite qui a dévié de son orbite, sans plus de détails, nous sommes bien d'accord ? Je vais contacter notre ambassade à Moscou, nous verrons la suite à donner à cette affaire.

Le Président se mit en relation avec l'ambassadeur américain « Jackson Green » qui lui suggéra de mener rapidement une enquête dirigée par les agents de la CIA présents à Moscou, sous couvert d'attachés culturels et autres postes de ce genre.

Dix au total, sous la direction de « Logan Walker ».

À la chancellerie, on avait déjà eu quelques brèves informations sur des rumeurs concernant un éventuel lieu secret de recherches près de « Kiev », mais rien de bien concret. Cet endroit paraissait improbable, aucun satellite n'avait détecté la moindre activité dans le secteur. Logan Walker, mandata cependant quelques agents spéciaux de l'ambassade à Kiev, pour en avoir confirmation et débuter les investigations, sachant par avance que le contact avec les habitants de la région était extrêmement difficile. C'étaient des personnes éminemment discrètes et peu habituées à se confier au premier venu. Les services secrets Soviétiques étaient extrêmement alertes et présents partout, et ne plaisantaient pas avec la divulgation de la moindre information, qui plus est à des étrangers.

Et moins encore, aux employés de l'ambassade dont ils connaissaient parfaitement la véritable fonction. Même si ceux-ci disposaient de l'immunité diplomatique, leurs moindres faits et gestes étaient suivis de près par les agents aguerris, du KGB.

4

**Moscou, URSS.
Locaux des services secrets soviétiques
du KGB.**

Une réunion extraordinaire se tenait dans une des nombreuses salles que comptait le vaste bâtiment.
Une dizaine de personnes, tous des responsables des recherches scientifiques du « Bunker » de Tchernobyl étaient présentes, assises au tour de l'immense table.
La porte s'ouvrit soudainement et le commandant des services secrets apparut dans son flambant uniforme tiré à quatre épingles.
À l'instant, tout le monde se leva dans un fracas de chaises et se mirent immédiatement au garde à vous.
Le chef militaire s'assit, et de sa main, fit un geste aux intervenants, de prendre place.

— Bien, que savons-nous de l'incident de « North Pole » ? Demanda-t-il.

— A vrai dire, il semblerait qu'il n'y ait pas eu de réaction, du moins officielle.

— Il est vrai que le « D-001 » s'est autodétruit complètement, répondit le dirigeant des recherches. Cependant, pour ce qui nous concerne, c'est un incontestable succès, même si nous avons perdu un de nos prototypes, dû, d'après notre opérateur, à un choc avec un banc de canards sauvages, qui a déstabilisé l'appareil et précipité sa chute. Les images qu'il nous a fournies en direct sont superbes ! Rien de comparable n'a été obtenu jusqu'à ce jour en la matière. Regardez commandant, cet enregistrement !

Il fit signe à l'assistant de projeter les images sur un écran.

— C'est excellent et inespéré, on peut percevoir avec clarté le moindre détail, affirma-t-il.

Messieurs, je vous félicite. Nous tenons là un véritable outil de surveillance jamais égalé.

Le site appelé « Bunker » était un immense complexe de bureaux d'études, laboratoires de recherche et de construction de prototypes, aménagé totalement sous terre dans la zone contaminée de Tchernobyl, à proximité immédiate de la funeste centrale nucléaire détruite.

Ce projet fou, fut imaginé et conçu dans le plus grand secret par les Soviétiques, pour en assurer le plus strict anonymat, puisqu'il était absolument impensable de soupçonner sa présence en ces lieux.

Il fut construit dans la plus grande des discrétions. Le terrassement se fit totalement de nuit, pour éviter au maximum la moindre suspicion ou l'éventuel repérage par les satellites, quoique peu probable. Toute cette zone ne revêtait plus le moindre intérêt et sa surveillance était devenue superflue.

Malgré tout, on avait pris toutes les précautions possibles : l'accès au complexe avait été érigé à l'intérieur même d'un immense hangar d'une ancienne usine métallurgique, ce qui le rendait complètement invisible depuis les airs comme du sol. Les immenses quantités de terre des excavations, furent entreposées dans les nombreuses galeries d'anciennes mines de charbon situées toutes à l'intérieur de la zone délimitée et hautement contaminée, par des ouvriers volontaires très bien rémunérés. Toutes les bouches de ventilation et d'extraction d'airs nécessaires, extrêmement complexes qui devaient assurer la complète sécurité des employés du bunker, furent bâties à l'intérieur de bâtiments déjà existants qui avaient été dégagés au maximum pour assurer le parfait fonctionnement des nombreux filtres.

Quant à l'ensemble des employés du site, scientifiques, chercheurs, ouvriers spécialisés et opérateurs en tout genre, ils étaient acheminés chaque jour, depuis une base militaire près de Kiev, à bord de camions de l'armée spécialement aménagés à cet effet. Pendant le trajet, ils revêtaient une combinaison de protection radiologique jusqu'au bunker, puis pénétraient dans un énorme « sas » de décontamination, où ils déposaient tous leurs vêtements et effets personnels avant de se doucher et de revêtir leur tenue de travail officielle. La totalité du site fut sécurisée à l'extrême, par des moyens des plus sophistiqués. Cependant, ils n'installèrent aucune caméra, ni circuit vidéo, pour éviter le risque d'accès aux images, toujours possibles par d'éventuels « hackers » ou services secrets étrangers.

5

**New York.
Rédaction du « The New York Times ».**

« Alex Berry », Directeur de la rédaction, présidait comme chaque matin la réunion de presse, entouré de l'ensemble des responsables de chaque section et des principaux reporters.
Parmi eux, « Jones Martins » et « Carey Roberts ».
« Jones Martins », trentenaire célibataire endurci, était né à « Brooklyn », New York, où il fit ses études

de journalisme avec brio, puis intégra très vite le journal et les équipes de reportage en se faisant remarquer par son attitude décidée, son esprit d'équipe ainsi que par ses excellentes décisions toujours justes et efficaces.

Quant à « Carey Roberts » vingt-huit ans, rousse, lainée des deux enfants, était venue au monde et vécut, ainsi que son frère cadet, dans le ranch de ses parents à « Edgewood » près « D'Albuquerque » dans l'État du « New Mexico », où elle fit également des études de journalisme. Elle aussi, parlait plusieurs langues étrangères, entre autres le français et le russe. Son père, ancien parachutiste avait un bon copain de régiment au « The New York Times », ce qui permit à Carey de se retrouver très rapidement à Manhattan.

Au début aux faits divers, très vite, elle se fit remarquer par ses supérieurs qui lui confièrent plusieurs reportages en France, qu'elle mena avec une grande rigueur et professionnalisme.

Jones et Carey, étaient de très bons amis, au journal, mais aussi dans la vie.

Manifestement ils se plaisaient énormément.

Très souvent, le soir après le travail, ils sortaient en compagnie d'autres collègues, pour se défouler et prendre un verre dans les nombreux bars du quartier. Ce fut lors d'une de ses occasions, qu'ils firent un peu plus connaissance et finirent dans le bar d'un hôtel.

— Allez ! On va fêter ton reportage comme il faut,

maintenant que nous sommes restés seuls, proposa Jones.

Tous leurs confrères étaient partis peu à peu et ils s'étaient retrouvés en tête à tête.

— C'était génial ton papier sur l'exposition de peinture à Paris, lança Jones.

— Merci, répliqua Carey, mais j'ai peu de mérite. Pour moi c'était facile, j'adore la peinture et je connais les galeries de cette ville comme ma poche.

— Quand même, ce fut « super pro », ne sois pas aussi modeste.

La discussion s'éternisa un long moment.

Soudain, Jones posa ses lèvres dans le cou de Carey.

— Jones ! Et ça ? Dit-elle surprise.

— J'en avais envie depuis longtemps !

Puis Jones prit avec ardeur Carey dans ses bras. Elle n'opposa aucune résistance, bien au contraire, et leurs deux corps enlacés se figèrent dans un long baiser.

Cette nuit-là se termina dans la chambre 212 de l'hôtel « California ».

Le lendemain « Alex Berry », Directeur de la rédaction décida d'approfondir la curieuse nouvelle de « *North Pole* » et ordonna d'envoyer ses deux reporters fétiches rejoindre le correspondant permanent du journal « Liam Jharrey » à Moscou.

6

Aéroport « Bykovo », Moscou.

Jones et Carey, arrivent dans l'ancienne ville des Tsars, avec un visa de touristes, officiellement en tant que mari et femme.
Même si nous sommes en juillet, l'air ce matin-là, est à couper le souffle.
Ils sont discrètement accueillis par « Jharrey » qui les reconnaît aussitôt, à leur arrivée au terminal deux.
— Bonjour les tourtereaux ! Leur lança-t-il d'un air joyeux, flanqué d'un large sourire.
— Comment s'est passé le voyage ?

— Parfaitement ! Répondirent à l'unisson les deux confrères.

— Je vous ai loué une chambre dans un endroit discret. Je vous préviens ce n'est pas une suite royale, mais elle est fonctionnelle et bien située. Vous avez aussi une voiture. Elle n'est pas neuve, mais elle est en bon état.

— Elle est stationnée juste à côté, c'est une BMW grise, voici les clefs.

À demain ! Je vous attends à neuf heures précises au parking souterrain « *du Presnenskiy Val* » 30, rue Moskva, comme convenu.

— À demain ! Nous serons au rendez-vous sans faute.

— Merci beaucoup ! Répondit Jones, que ferions nous sans toi ?

— Allez, trêve de plaisanteries, pour le moment vous avez de quoi vous loger et vous déplacer, pour le reste, à vous de vous débrouiller.

Voici un plan de la ville. Le lieu est signalé, vous en aurez besoin.

Jones et Carey se rendirent immédiatement à l'adresse indiquée.

C'était un vieil immeuble en briques rouges, situé au 14, rue Mishina en périphérie nord de Moscou,

« Aéroport District », près de la M10.

La chaleureuse gardienne leurs remis leurs clefs et les conduisit à la chambre 32 au troisième étage.

Leurs premières impressions les firent plutôt penser à un hôtel de passe, mais finalement la chambre était correcte, avec une petite salle de bain, et elle était parfaitement chauffée avec ses vieux radiateurs en fonte. Pourvue d'un grand lit des années soixante et dans un coin, d'un petit bureau métallique avec sa chaise à l'identique. Les deux journalistes ne prirent même pas le temps de défaire leurs légers bagages, juste une douche rapidement puis ils se mirent au lit. Le lendemain, une longue journée les attendait. De bonne heure, ils avalèrent un petit déjeuner dans un bar à proximité, prirent leur matériel et se rendirent au rendez-vous avec leur automobile, en prenant soin par précaution de s'arrêter deux rues avant, pour finir à pied.

Dès l'entrée dans le Parking souterrain, ils aperçurent Jharrey debout, à côté de son véhicule au fond de l'allée centrale.

— À ce mec, toujours à l'heure !

— Il paraît qu'il ne dort pas plus de quatre heures par nuit, répliqua Carey.

— Bonjour les touristes ! Leur lança-t-il, vous avez passé une bonne nuit ?

— Pas mal ! Répondis Jones, mais j'aurais bien aimé faire la grasse matinée !

— Bon, passons aux choses sérieuses ! Répliqua Jharrey.

Comme je vous ai laissé entendre, j'ai des informations très sérieuses à vous donner.

Jones et Carey prirent place à bord du 4x4 Nissan de Jharrey.

— Il y a des rumeurs de travaux à l'intérieur de la région contaminée de Tchernobyl !

— Qui aurait l'idée de s'aventurer dans cette zone ? L'interrompit Carey.

— Ça m'a semblé tellement invraisemblable, c'est la raison pour laquelle j'en ai parlé au patron.

Il parlait du directeur de rédaction du Journal, « Alex Berry ».

— C'est vrai ? Répliqua Jones.

C'est une véritable folie !

— Mais quels genres de travaux ? Repris Carey.

— Je ne peux pas vous en dire plus, je n'ai pas d'autres détails, mais j'ai pensé que cette info méritait d'être creusée, c'est la raison pour laquelle vous êtes là.

— Oui naturellement, et du côté officiel...

Sans lui laisser terminer sa phrase Jharrey répliqua :

— Pas le moindre mot, c'est le black-out le plus total, je me demande même s'ils sont au courant.

— Pourtant avec tous leurs moyens, agents spéciaux, écoutes, satellites et j'en passe ajouta Jones.

— Oui, mais cette zone n'est plus prioritaire, elle n'a pas vraiment de raison particulière d'être surveillée !

— C'est certain ! Reprit-il.

Mais nous allons essayer d'en avoir le cœur net.

— Carey ! C'est le moment pour toi de pratiquer la langue de Lénine ! Lança Jones.

— On va voir, c'est un peu loin tout ça, mais je dois avoir quelques bons restes ! Reprit-elle.

— Je te fais confiance, tu seras à la hauteur comme toujours ! Ajouta-t-il.

Jones et Carey regagnèrent leur véhicule et prirent la direction de leur repère pour élaborer les possibilités d'approche.

— Que penses-tu de tout ça, Jones ?

— En vérité, je ne saurais te dire, mais quel intérêt aurait-on à faire des travaux dans une zone des plus inhospitalières de la planète, contaminée avec certitude pour des centaines d'années ?

De toute évidence la région était dévastée. D'énormes bâtiments plantés là, comme des épouvantails géants désœuvrés car il ne restait même plus d'oiseaux et des villages complets à l'abandon, figés sur place certainement pour toujours.

Plus un bruit, plus de cris d'enfants dans les cours d'écoles abandonnées, plus rien.

Seulement quelques phrases en alphabet cyrillique à peine visibles sur les tableaux noirs, et des devoirs inachevés.

Si. Tout de même, par endroits, la nature un peu paresseuse commençait timidement malgré tout à reprendre ses droits.

Dès le lendemain, Jones et Carey, prirent la direction de « Kiev » dans la région d'Ukraine.

De là, ils pourraient entreprendre plus facilement leurs investigations.

Jharrey leur avait donné aussi une adresse près de « Tchernobyl », juste à l'extérieur de la « zone » où ils pourraient trouver le moyen d'en savoir davantage.

C'était une petite ferme et d'après lui, les propriétaires, un couple la soixantaine passée, seraient employés à temps partiel sur le site pour des travaux de nettoyage et d'entretien, mais cette information restait à confirmer. Un grand nombre de personnes âgées avait catégoriquement refusé de laisser leurs propriétés et d'être évacuées malgré le danger certain qu'ils couraient à rester dans cette zone hautement contaminée, mais ils avaient toujours vécu là et abandonner ce lieu où la plupart d'entre eux étaient nés, leur semblait inimaginable.

Ils décidèrent de prendre la route malgré la distance de 980 km par la, « *via 101* » et environ dix bonnes heures de conduite, qu'ils allaient faire en s'alternant au volant, pour supporter la fatigue.

Il faisait déjà nuit lorsqu'ils arrivèrent, et eurent beaucoup de mal à trouver où se restaurer et se loger. Cependant, ils purent malgré tout dîner et passer la nuit au « *Kozatskiy Hotel* » rue « *Mykhalis'ka* ».

Ce n'était pas vraiment l'endroit idéal : l'établissement se trouvait en plein centre-ville et assurément pas des plus discrets, mais c'était le seul qu'ils trouvèrent encore ouvert à cette heure tardive.

7

La surprise !

Le lendemain matin vers 9 heures, Jones et Carey, prenaient leur petit déjeuner attablés dans un des salons du chic et luxueux palace.
Soudain, Carey se figea en se frottant les yeux.
— Non, ce n'est pas possible !
— Qu'est-ce qui se passe Carey ? Tu m'as effrayé !
— Regarde ce type seul assis à la petite table.
— Oui, et alors ?
— Je le connais !
— Tu le connais ? Comment ça, que veux-tu dire ?
— Oui et très bien, c'est un ami d'enfance et un copain de fac, mais comment est-ce possible qu'il soit là ? Non, je dois rêver !
— Va le voir, tu en auras le cœur net.
— Non, c'est impossible, c'est impossible ! Répétait

Carey, déconcertée.
Puis elle finit par se décider.
— Lucas ! S'exclama-t-elle.
L'homme, surpris, se retourna et se leva de sa chaise. Carey, se hissa à son tour et lui fit face.
Il approcha à grands pas. Carey avança vers lui et se jeta frénétiquement dans ses bras.
— C'est bien toi ! C'est bien nous !
C'est inouï, mais que fais-tu à Kiev ? Demanda Carey.
— C'est une longue histoire rétorqua Lucas. Je travaille à Moscou à l'ambassade, je suis ici pour mon job. Et toi ?
— Je fais du tourisme avec un ami, je vais te le présenter.
Ils s'approchèrent de la table de Jones.
— Lucas, voici Jones ! Un copain, lui c'est mon ami d'enfance Lucas.
Dit-elle en arborant un large sourire.
Lucas Michell, trente ans, était né tout comme Carey à « *Edgewood* » près « d'Albuquerque ». Ils avaient fréquenté la même école communale et se connaissaient depuis l'enfance.
Plus tard, ils allaient se retrouver dans la même université du « Nouveau-Mexique », sur les mêmes bancs des amphithéâtres. À cette époque ils s'étaient fréquentés assidûment, étant devenus très intimes et vécurent même une brève mais intense histoire d'amour, qui se termina lorsque Lucas s'engagea dans les Marines et partit pour la côte ouest. Jones ne sut

que dire, il proposa de fêter les retrouvailles des deux amis d'enfance.

— Prenez place, nous allons commander une bouteille.

— Alors ! Comme ça, vous êtes en vacances à Kiev ? Demanda Lucas.

— Effectivement ! Jones et moi sommes des collègues de travail. Enfin à vrai dire pas seulement, nous sortons ensemble. Nous profitons de nos congés, Jones ne connaissait pas l'URSS.

— Et toi Carey, répliqua Lucas, c'est vrai que si je me souviens bien tu avais opté pour le « russe » en langue étrangère à l'Université, tout comme moi.

— Oui, tu as une bonne mémoire, ça nous aide bien maintenant.

— En fait, nous sommes tous deux journalistes au « The New York Times ».

— Et toi Lucas, que fais-tu à l'ambassade, je te croyais dans les Marines ?

— Oui, j'en avais assez et j'ai postulé un poste beaucoup plus tranquille.

Lucas omit naturellement de dévoiler sa véritable activité pour la CIA au sein de l'ambassade.

— Parlez-moi de vous, ajouta Lucas, tout en savourant sa coupe de champagne, vous êtes là en touristes ou aussi pour le travail ?

Surpris par la question, un instant ils ne surent que répondre.

— Désolé, je suis trop curieux, ajouta Lucas.
Voyant leur gêne, il changea de conversation.

— Tu te rappelles, Carey lorsque ton père nous emmenait à l'école dans son pickup et nos longues balades à cheval dans son immense propriété ?
Quelle époque, tu montais superbement, tu étais vraiment une excellente cavalière.
Au fait ! Qu'est-ce qu'il devient ! Toujours au ranch ?

— Oui toujours, mais il a pris sa retraite depuis des années. Maintenant, c'est « Aiden », mon frère cadet, qui gère la propriété, avec deux employés.

— Et à la Fac, quelles bringues on a pu monter dans les bars et les soirées copieusement arrosées dans nos apparts près du campus.

— À l'époque nous étions inséparables.

— Tu te souviens, on avait même parlé de mariage.

— Oui, on était jeunes et insouciants, ajouta Carey un peu gênée et passablement confuse.

Jones écoutait attentivement, tout cela sans prononcer mot, souriant de temps en temps, mais légèrement agacé.

— Désolé de vous quitter ajouta Lucas, j'ai un rendez-vous à l'autre bout de la ville, mais on aura l'occasion de continuer notre conversation, après tout nous sommes descendus dans le même hôtel.

— Lucas fit une longue bise sur la joue à Carey et sera la main de Jones.

— À plus tard ! Lança-t-il, tout en élaborant un insistant clin d'œil.

Jones et Carey, encore bouleversés par cette rencontre, montèrent dans la chambre sans dire un mot et prirent quelques bagages, puis partirent en voiture en direction de « *Dytyatky* » petit village situé à 23 km de Tchernobyl, pour essayer de trouver l'adresse que

« Jharrey » leur avait fourni.

— Jones, tu n'es pas froissé par notre rencontre avec Lucas j'espère ?

— Non pas du tout, à vrai dire je suis plutôt inquiet. À cause de lui ?

— Non ! Par le fait que nous ne sommes pas seuls sur cette affaire. Je suis certain que ton ami est un agent de la CIA.

— Tu crois vraiment ? Pourquoi ?

— Je n'ai pas de certitude, mais l'avenir nous le dira. Carey, resta un long moment pensive, elle aurait voulu convaincre Jones au sujet de Lucas, mais elle retînt son élan, pour éviter le thème, qui la plaçait un peu dans un inconfortable embarras.

8

Dytyatky.
Tout près du checkpoint de la zone de Tchernobyl.

Jones et Carey, arrivèrent près de « *Dytyatky* » et Carey demanda à une passante l'adresse « d'Ivan et Colinska Verniev ».
Elle leur indiqua immédiatement un petit chemin de terre qui menait à leur modeste ferme.
Jones engagea immédiatement sa BMW sur l'accès caillouteux et ils se trouvèrent rapidement devant un portail en fer forgé à moitié rongé par la rouille.

De l'extérieur, on pouvait parfaitement apercevoir une vieille femme coiffée d'un foulard avec des gros motifs de fleurs qui étendait son linge à sécher.
Jones coupa immédiatement le moteur de son véhicule, puis nos deux confrères descendirent, et Carey demanda.
— « привет » Bonjour !
— « ты мадам верниев ? » Êtes-vous madame Verniev ?
— « да »   Oui !
— твой муж есть ?   Votre mari est'il là ?
— « да, да »   Oui ! oui !
— Можем ли мы поговорить с вами, пожалуйста ?
Pouvons-nous vous parler s'il vous plait ?
— « да пройти »   Oui, passez.
— Merci beaucoup !
Carey continua la conversation en Russe.
— Nous sommes journalistes, nous faisons un reportage à Tchernobyl, pouvons-nous vous poser quelques questions ?
— Oui, bien sûr.
— Vous vivez ici depuis longtemps ?
— Depuis toujours, nous sommes nés ici.
Répondis « Ivan ».
— Vous êtes retraités ?
— Vous savez, chez nous il n'y a pas vraiment de retraite. Ajouta « Colinska »

Mais mon mari, qui travaillait pour la Centrale a été licencié depuis le désastre et moi, je me suis toujours occupé de notre petite ferme.
— Et vous touchez un salaire ou une quelconque indemnisation pour votre situation ?
— Oh ! À peine pour acheter un peu de pain et une bouteille de vodka de temps à autre.
— Mais vous n'avez pas d'autres revenus, c'est tout ce que vous avez pour vivre ?
— Nous cultivons un peu de légumes dans notre potager, mais nous ne pouvons pas les vendre, le gouvernement l'interdit.
— Cependant, nous faisons aussi le ménage dans les bureaux de l'usine en sous-sol, ça nous rapporte un peu d'argent pour vivre.
— Dans l'usine en sous-sol ?   Répliqua Carey surprise.
— Oui à l'intérieur de la zone.
— Vous parlez de la zone contaminée de Tchernobyl ?
— Oui c'est ça, nous faisons le ménage des bureaux et des nombreuses salles, tout se trouve sous terre et avec le peu qu'ils nous payent nous arrivons à nous en sortir, mais le travail est dur, car c'est immense.
— Vous dites que toutes les installations sont enterrées tout près de la centrale abandonnée. Mais ce n'est pas dangereux ? Repris Carey.
— On nous a dit qu'en profondeur ce n'est pas

contaminé et puis ils ont construit des murs en béton très épais.

À l'arrivée, nous devons à chaque fois, passer un sas de décontamination avant de pénétrer à l'intérieur, c'est très strict et règlementé.

— Voulez-vous un thé ? Proposa gentiment « Colinska » en se dirigeant d'un pas lent mais assuré, vers sa petite cuisine ?

— Merci beaucoup, c'est très aimable à vous, mais maintenant, nous devons partir. Pouvons-nous repasser vous voir ?

— Avec plaisir, quand vous voulez, nous ne recevons plus grand monde depuis l'explosion.

— Merci beaucoup leur lança Carey. À bientôt ! Nous reviendrons donc plus tranquillement, pour prendre ce thé, si vous voulez bien !

Nos deux reporters, reprirent le chemin de retour à l'hôtel.

— C'est incroyable ! Accentua Jones, d'un air étonné, un *« bunker »* juste sous la zone la plus irradiée de la terre, c'est inouï, mais que fabriquent-ils là-dessous ?

— À coup sûr, rien de bon ! Ajouta Carey.

— Je le pense aussi, nous devons en avoir le cœur net ! Oui ! Nous reviendrons rapidement revoir les « Verniev » releva-t-il, ils pourront certainement, nous en apprendre plus !

— Je suis époustouflée par ce que l'on vient d'entendre, crois-tu que l'objet volant de North Pole pourrait provenir de cet endroit ?

— Je ne sais pas, mais c'est fort probable. En tout cas il se passe quelque chose de bien mystérieux et de très confidentiel dans cet endroit.
Tout cela, ne me plaît pas du tout.
— C'est tout de même curieux, que rien n'ait filtré de la construction de ce bunker à cet endroit.
— Tu sais, je ne suis pas étonné. À priori, cette zone de la planète ne présente plus le moindre intérêt pour personne, qui pourrait penser qu'il puisse y avoir la moindre activité dans ce lieu. Même nos satellites ne surveillent plus ce secteur.
— Oui, c'est vrai et pourtant, si l'on en croit les « Verniev », les Soviétiques sont assez fous pour y avoir dissimulé je ne sais quels types d'installations souterraines.
— En tout cas, il faut leur reconnaitre une sacrée imagination.
— Ou une folle, car c'est une véritable aberration, quoique peut-être pas si absurde que ça.
En effet, la contamination a surtout irradié tout ce qui se trouve à la surface du sol et certainement aussi la nappe phréatique due au ruissellement, mais si l'on construit des infrastructures complètement étanches, on peut s'y trouver à l'abri.
— Tu as sûrement raison, répondit Carey, acquiesçant son approbation d'un signe de la tête.
Il était déjà tard lorsqu'ils arrivèrent à l'hôtel. Ils dinèrent rapidement, et montèrent dans leur chambre. Carey avait craint de se trouver de nouveau

face à face avec son ancien ami et amant, mais il n'était pas là, ou en tout cas, ils ne le croisèrent pas ce soir.

— Carey, ça te dit une petite coupe avant de nous mettre au lit ?

— Oui pourquoi pas, après tout, je crois que nous l'avons bien mérité.

Jones chercha dans le minibar et trouva deux « Mignonnettes » de vodka.

— Bon ! Je reconnais que ce n'est pas très « glamour », ajouta Jones, mais « À la guerre comme à la guerre ».

Ils prirent une douche ensemble des plus sensuelles et se mirent au lit.

Cette nuit-là fut des plus torrides pour les deux amoureux, qui se laissèrent aller sans la moindre retenue, des ébats des plus tendres et romantiques, aux plus ardents et fougueux.

9

**Ambassade des États-Unis à Moscou.
Bureau de M. l'ambassadeur.**

« Logan Walker » Responsable local de la CIA pénètre dans le bureau du représentant diplomatique, pour faire le point sur l'avancée de l'enquête.
Arrivé la veille au soir de Kiev, l'agent spécial « Lucas Michell » avait remis son rapport à son supérieur.
— Bien ! Qu'avons-nous de nouveau sur cette affaire ? Demanda l'ambassadeur, avec impatience. Le Président s'impatiente ! Ajouta-t-il.
— À vrai dire nous piétinons un peu, personne n'a

la moindre idée. D'après certains observateurs, on a bien constaté un mouvement inhabituel de camions et de véhicules de terrassement pendant quelque temps, surtout de nuit, sur les routes se dirigeant vers le checkpoint de « *Dytyatky* » donnant accès à la zone délimitée de Tchernobyl, mais rien de bien probant. Et le plus étonnant, c'est qu'aucune installation, bâtiment ou infrastructure ne semble avoir été érigée dans les environs.

— C'est très fâcheux ! Et rien d'autre ? Souligna l'ambassadeur.

— Si Monsieur, l'agent spécial « Lucas Michell » a pris contact avec des journalistes du « The New York Times ». Ils ont été très vagues au sujet de leur présence ici.

— Il les a rencontrés ? S'étonna le diplomate.

— Oui monsieur, ils sont deux, dont une femme que mon agent aurait bien connue à « Albuquerque », apparemment ils auraient même été très proches.

— Très proches, comment ?

— Ce sont des amis d'enfance, ils ont fréquenté la même Université et auraient vécu ensemble à une certaine période.
C'est-à-dire qu'ils se connaissent très bien, cependant elle semble maintenant être en couple avec son collègue de travail nommé « Jones » qui l'accompagne.

— Et on connaît la raison de leur présence à Kiev ? Demanda l'ambassadeur.

— D'après l'agent Lucas, ils font du tourisme mais c'est peu probable, il pense qu'ils sont là pour le même sujet qui nous concerne, mais ils n'ont rien voulu révéler.

— À mon avis, il ne faut pas les perdre de vue, ils pourraient nous être utiles, a priori, ils devraient être moins surveillés par les Soviets que nos agents.

— Oui Monsieur, je vais faire rapidement le nécessaire.

— Très bien, à plus tard !

Logan Walker quitta le bureau et regagna son secteur. Arrivé à sa permanence, il fit venir l'agent Lucas et lui ordonna de repartir à Kiev et d'essayer d'obtenir de plus amples informations de la part de Jones et surtout de son amie Carey.

Il repartit aussitôt pour la capitale Ukrainienne, avec la ferme intention de rencontrer les deux journalistes et essayer d'en savoir davantage sur leur présence dans la région. Il avait bien l'intention de profiter de la complicité qui le liait à son amie pour lui soutirer quelques confidences.

Arrivé de nouveau à « Kozatskiy Hotel » il réserva une chambre, en espérant qu'ils y soient encore hébergés.

Lucas n'eut pas longtemps à attendre, nos deux confrères venaient tout juste d'arriver la veille au soir et ils avaient pris place au bar.

Lucas s'approcha.

— Bonjour les amoureux ! Leur lança-t-il, comment allez-vous ?

— Très bien. Comme tu vois, nous profitons de nos vacances ! Affirma Carey.

— Parfait, si vous permettez je vous invite à déjeuner, je connais un petit endroit sympa tout près.

Jones et Carey, ne purent refuser l'invitation, et tous trois partirent à pied en direction de l'établissement situé à proximité.

Jones ne vit pas d'un très bon œil cette invitation, mais il ne pouvait la refuser, après tout, Lucas était l'ami d'enfance de Carey, et il ne voulait surtout pas la priver de leurs retrouvailles.

Arrivés à destination, ils prirent place.

C'était un restaurant typiquement Russe, fréquenté de toute évidence, par une clientèle aisée.

Avec sa décoration rustique d'époque parementée de nombreuses dorures et ses murs garnis de fastueux tapis persans, lui assurant un air très chic.

— Alors, vous avez un peu visité la ville ? Lança Lucas.

— Oui, c'est très joli et tellement différant de Manhattan, répliqua Carey.

— C'est certain, nous sommes dans un autre monde, reprit Lucas. Et toi Jones, qu'en penses-tu ?

— Oui, c'est évident, attesta-t-il, arborant un sourire un tant forcé. Jones, tu es aussi de notre région ?

— Non, je suis né à « Brooklyn », je suis un pur citadin.

Leur conversation fut interrompue par l'arrivée du serveur.

— « привет, Добро пожаловать » Bonjour, bienvenus ! Voici la carte.

— Lucas, que nous conseilles-tu ? Ajouta Carey.

— Sans hésiter le « bœuf Stroganov » il est à tomber.

— Ok pour moi, et toi Jones, que prendras-tu ?

— La même chose, je ne connais pas, mais je vous fais confiance.

Le repas fut ponctué d'évocations de jeunesse de Lucas et Carey et bien qu'exaspérantes pour Jones, il se força à faire bonne figure sans laisser apparaitre un certain agacement.

Au moment du dessert, Lucas lança :

— Je suppose que vous n'êtes pas sans savoir que les Soviétiques font des recherches très pointues en matière d'espionnage. L'engin tombé à « *North Pole* » fait partie d'expérimentations grandeur nature de ces moyens. Avez-vous une vague idée à ce sujet ?

— Nous en avons entendu parler, répliqua Jones, mais sans plus. Je suppose que nos Services de contre-espionnage comme la CIA et autres sont sur le coup.

— Oui je n'en ai pas le moindre doute.

— Et vous à l'ambassade, vous devez être en première ligne, non ?

— Je suppose ! Répondit Lucas un peu agacé, moi je ne suis qu'un simple attaché culturel. Et vous ? Enchaina Lucas, vous devez être intéressés par de telles nouvelles !

— Au journal, sûrement. Nous, on profite de nos

vacances pour le moment. Tu sais, nous ne sommes pas les seuls reporters à la rédaction.

— Mais si j'arrive à avoir quelques informations sur le sujet, je suppose que ça pourrait vous intéresser ?

— Quelle question ? Répondit Jones nous serions preneurs bien évidemment.

— Nous pourrions unir nos forces et collaborer, reprit Lucas de manière enthousiaste, après tout nous sommes victimes d'un ennemi commun de notre pays, accentua-t-il.

— C'est certain. Là-dessus il n'y a pas le moindre doute, rétorqua Jones, mais nous ne disposons pas des mêmes moyens, nous sommes ici avec un simple visa de tourisme et sans aucun appui logistique ni la moindre immunité diplomatique. Nous ne sommes pas des fonctionnaires, ni même mandatés par notre journal.

— Jones, reprit Lucas, ne me dis pas que si vous aviez des informations importantes, vous ne les communiqueriez pas à votre journal ?

Jones commençait à trouver les propos de Lucas de plus en plus directs et oppressants. Il n'y avait plus le moindre doute, c'était un agent de la CIA et il savait parfaitement que s'ils lui fournissaient la moindre information, elle serait aussitôt classée « Secret Défense » et donc interdite de publication.

10

La Stratégie.

Le lendemain matin, Jones et Carey prirent la direction de « *Dytyatky* » pour rencontrer de nouveau le couple « Verniev », en ayant soin de prendre toutes les dispositions et précautions possibles et nécessaires pour éviter d'être suivis.
Ils emportèrent avec eux le matériel de prise de vues miniaturisé, dans le but de les convaincre de réaliser quelques images de l'intérieur du bunker, en échange d'une conséquente somme d'argent.
Les deux confrères arrivèrent à destination, après avoir pris maintes précautions, pour éviter de dévoiler leur destination à « Lucas » et encore moins aux éventuels agents soviétiques du KGB.

Arrivés à leur adresse, ils aperçurent aussitôt les deux époux afférés à des travaux de jardinage dans leur petite parcelle, à travers de la grille de l'enclos.

— Bonjour, nous sommes là de nouveau comme Promis ! S'exclama Carey en Russe, depuis l'extérieur.

— Passez, passez ! Ne restez pas dehors, la porte est ouverte ! Répondit « Colinska » d'un air jovial, visiblement ravie de les revoir.

Jones et Carey, furent accueillis avec la même amabilité et gentillesse qui caractérisait le vieux couple de paysans.

Nos journalistes avaient apporté aussi avec eux quelques victuailles et différents cadeaux pour leurs nouveaux complices, qui agréablement surpris, ne surent pas comment les remercier pour leur aimable et délicate attention.

Bien entendu même si les petits présents étaient sans le moindre doute offerts avec le plus grand plaisir à leurs nouveaux amis, ils avaient aussi pour but de contribuer à faciliter les énormes services qu'ils allaient leur demander par la suite.

Carey discuta longuement avec le couple et leur demanda s'ils étaient disposés à utiliser discrètement leurs minuscules caméras pour leur fournir des images de l'intérieur des infrastructures dans lesquelles ils travaillaient afin de pouvoir compléter leur reportage.

En compensation ils seraient très bien rémunérés et leur proposèrent une somme inespérée, qu'ils ne pouvaient pas refuser.

« Ivan et Colinska », acceptèrent immédiatement le marché. Après tout, à leur âge, ils n'avaient plus grand-chose à perdre, et cet argent facilement gagné les sortirait de la triste situation où ils se trouvaient et allaient leur permettre de jouir d'une vieillesse paisible et agréable, étant donné que pour eux c'était une petite fortune : 300.000 Roubles, environ 5.000 $.

Surtout qu'ils ne leur restaient plus la moindre famille et n'avaient pas eu d'enfants, qui auraient pu les aider et les soutenir dans leurs vieux jours. Il fallait désormais, absolument mettre au point la façon pratique d'introduire le matériel nécessaire aux prises de vues et ensuite, de faire sortir les images.

Le couple, comme toute personne ou objet qui pénétrait dans les installations, devait être décontaminé et passer par une série de « sas » et supporter des fouilles complètes extrêmement poussées.

Les « Verniev » et leurs deux hôtes s'attablèrent dans la petite salle à manger et tout en dégustant les quelques mets que Carey et Jones avaient apporté. Ils se mirent à discuter de la possibilité et surtout de la façon pratique d'introduire une caméra si minuscule soit-elle dans le Bunker, sans se faire prendre et mettre en danger nos deux retraités.

— Expliquez-nous, comment ça se passe ? Demanda Carey. Lorsque vous devez vous rendre à l'intérieur, quelles sont les mesures de sécurité mises en place par les gardes ?

— Voilà, nous sommes pris en charge avec les autres ouvriers qui nous accompagnent dans un petit fourgon, à notre arrivée au checkpoint.

Là il n'y a pas de fouilles poussées, juste un contrôle sommaire de nos sacs, où nous gardons nos effets personnels, puis nous sommes conduits jusqu'à l'entrée blindée du souterrain.

Nous passons par une petite porte et nous accédons à la salle de décontamination. Là, nous devons laisser toutes nos affaires, y compris nos habits, dans un casier, puis c'est la douche obligatoire pendant dix bonnes minutes, avec un produit spécial qu'ils nous fournissent, ensuite dans une petite cabine attenante, nous devons revêtir notre uniforme de travail, puis, nous récupérons notre chariot, rempli de produit de nettoyage de toutes sortes.

À partir de là le contremaitre nous indique les salles et les bureaux à nettoyer, il nous ouvre une après l'autre les différentes portes, puis une fois fini, il referme aussitôt derrière et nous passons à la suivante, et ainsi de suite pendant environ quatre heures.

Puis nous avons une petite pause d'une demi-heure environ et nous reprenons le travail pendant encore deux heures.

Ensuite, on nous accompagne vers la sortie et nous passons par un autre « sas », ou nous sommes complètement fouillés cette fois très minutieusement avant de récupérer nos affaires, pour sortir.
Nous prenons place dans le fourgon avec les autres ouvriers puis nous sommes conduits de nouveau au checkpoint.
Voilà comment ça se passe immuablement chaque jour, sauf le dimanche où nous ne travaillons pas.
Jones sortit une mini-caméra de sa sacoche, elle était à peine plus grande que son pouce.

— Voilà l'appareil ! Il peut prendre des photos et des vidéos. Souligna-t-il.

Les deux sexagénaires furent époustouflés de voir un si petit appareil photo.

— Malgré tout, je suis un peu soucieux s'inquiéta Jones, d'après ce que vous dites la caméra ne me semble pas facile à introduire, compte tenu des nombreux contrôles et fouilles auxquelles vous devez vous soumettre.
Et j'avoue que je suis incapable pour le moment d'imaginer la manière de pouvoir la faire passer à l'intérieur.

— J'ai peut-être une idée ! S'exclama « Colinska » tout en retirant son foulard, qui dévoila une abondante chevelure poivre et sel coiffée en chignon. Je suis certaine que je pourrais facilement la dissimuler dans mes cheveux.

— Oui c'est certain, reprit Jones, mais il y a la douche

obligatoire et la caméra n'est pas étanche, elle ne résistera jamais.

— Ne vous en faites pas, je sais comment faire ! Affirma-t-elle toute fière.

— Dans les douches des femmes, la surveillance, est minime et sur des étagères individuelles, ils disposent un tas de serviettes pour nous sécher avant de pouvoir enfiler notre tenue de travail.

Je pense qu'à un certain moment je pourrais discrètement cacher la caméra sous l'une d'elles, avant de prendre ma douche. Ensuite je pourrais facilement la récupérer et la placer dans une poche de mon uniforme.

Lorsque nous sommes à l'intérieur, pendant le travail, il n'y a jamais aucune fouille.

— Colinska, vous êtes géniale ! S'exclama Jones

— Vous sentez-vous capable de le faire ? Demanda Carey.

— Sans le moindre problème ! Répondit-elle avec la plus grande assurance.

— Alors c'est parfait ! Nous avons la solution.

— Et pour sortir, nous ne prenons pas de douche, mais nous sommes totalement fouillés, et il faudra sortir la pellicule.

— Ne vous en faites pas ! Rassura aussitôt Jones, je pense que ça sera assez facile, car voici ce que vous devrez sortir !

Jones prit la mini-caméra et souleva un clapet.

Il retira un minuscule morceau de plastique de la taille d'un ongle.

— Ceci est une mini-carte mémoire où seront gravées vos photos. C'est tout nouveau, c'est un prototype, vous ne pourrez pas encore la trouver dans le commerce, mais c'est certainement le futur pour le stockage des données.

« Ivan et Colinska » furent ébahis, en voyant cette curieuse et minuscule chose.

— Et vous dites que ceci peut contenir des photos et des films ! C'est impossible !

— Si bien sûr, des centaines de photos ! Affirma Carey, qui depuis le début, servait d'interprète à Jones.

— L'appareil, vous devez le cacher et le laisser sur place.

— Alors pas de soucis, je sais parfaitement comment faire pour sortir votre espèce de mimi chose là, faites-moi confiance ! Affirma « Colinska ».

Maintenant, dites-nous ce que vous voulez qu'on enregistre, car il y a tellement d'objets bizarres et invraisemblables, des appareils de toutes sortes, des avions miniatures, des fusées, des armes et des équipements inconnus, des machines et mécanismes incroyables c'est un véritable bric-à-brac de trucs improbables dont nous ignorons totalement l'utilité.

— Tout ce que vous pourrez, traduit Carey.

— Photographiez aussi des plans et des cartes si

vous en avez l'occasion, ainsi que les installations, ajouta Jones.

11

Le jour « J ».

Après avoir pris soin d'expliquer minutieusement le fonctionnement de l'appareil de prise de vues à « Ivan et Colinska », Jones et Carey conviennent de se retrouver deux jours plus tard, à leur domicile pour récupérer les informations.

Carey leur annonça que plusieurs de ces enregistrements seraient peut-être nécessaires, en fonction des résultats et de la qualité des photos obtenues et qu'il faudrait éventuellement prendre d'autres images pour compléter leurs reportages.

— Pas de soucis, nous ferons ce qu'il faut, autant de fois que nécessaire, vous pouvez compter sur nous, ajouta Colinska.

— Nous le savons parfaitement, vous êtes formidables, ça va bien nous aider pour notre travail, répliqua Carey.

Jones sortit un énorme porte-billets bien garni de la poche intérieure de sa veste.

Il leur remit la totalité de la somme convenue en toute confiance.

— Oh ! Seigneur ! Vous allez nous changer la vie ! Merci mille fois pour votre générosité, que Dieu vous bénisse ! Ajouta complètement émue Colinska.

Les « Verniev » n'avaient jamais eu l'occasion de voir une telle somme d'argent réunie et elle était désormais à eux.

— Vous pourrez déménager et vous faire construire une nouvelle maison plus éloignée de cet endroit inhospitalier, leur proposa Jones.

— Jamais ! Assura « Colinska », nous sommes nés ici et nous y resterons jusqu'à la fin, nous y avons toute notre vie, mais nous pourrons nous reposer et vivre nos vieux jours plus agréablement.

Le lendemain, comme d'habitude, ils se rendirent au checkpoint, pour attendre le fourgon qui allait les conduire à leur lieu de travail.

« Colinska » comme convenu avait caché la mini-caméra dans son chignon, puis avait coiffé son indéfectible foulard semblablement à son habitude. Toutefois, elle était un peu nerveuse, malgré ses efforts pour ne rien laisser paraître en discutant des habituelles banalités avec ses camarades de travail qui l'accompagnait dans le véhicule. Ivan faisait de même. Arrivés à l'accès du bunker, ils pénétrèrent par la petite porte blindée qui donnait directement sur la salle de décontamination, où ils furent fouillés comme de coutume. Ensuite, ils gagnèrent les deux salles : une pour les hommes et l'autre pour les femmes, pour y déposer toutes leurs affaires personnelles dans le casier qui leur était assigné et qui était complètement dépourvu de la moindre serrure, puis se déshabillèrent complétement et pénétrèrent dans la grande salle des douches.

L'intimité était des plus sommaires : des étroits rideaux d'environ un mètre de large séparaient les femmes qui prenaient leur douche ensemble.

Juste au-dessus de chacune d'elles, il y avait une étagère ou étaient empilées quelques serviettes pour se sécher et sur une autre plus petite était posé un flacon rempli d'une substance avec laquelle elles devaient se savonner complétement et énergiquement pendant les dix minutes qui leur avaient été imposées.

Pendant tout ce temps une gardienne était présente dans la salle et faisait les cent pas, pour vérifier que tout le monde se lavait correctement des pieds à la tête.

Colinska, profita d'un moment où la gardienne était à l'autre bout de la salle, pour défaire sa généreuse chevelure et récupérer la mini-caméra, qu'elle s'empressa de dissimuler sous la pille de serviettes, puis commença à prendre sa douche normalement.

Une fois celle-ci terminée, elle sécha soigneusement ses cheveux et y plaça l'appareil au milieu de son chignon, puis elle sortit de la salle et revêtit son uniforme de travail habituel.

Une fois à l'extérieur, un peu à l'écart, elle retira discrètement le minuscule engin de ses cheveux et le plaça dans une de ses poches.

Le subterfuge avait parfaitement réussi. Colinska parvint à faire pénétrer la caméra à l'intérieur du complexe sans la moindre difficulté, éprouvant un sentiment de fierté en même temps qu'un bien agréable soulagement.

À l'extérieur des douches, les hommes et les femmes se retrouvaient ensemble et attendaient les ordres des surveillants, qui formaient les équipes avant de les conduire à leurs postes de travail.

Ils étaient distribués par secteurs et pour les plus éloignés, il y avait des petits véhicules électriques qui les déposaient à proximité.

« Ivan et Colinska », travaillaient le plus souvent ensemble, et ce fut le cas aussi ce jour-là.

Ils devaient nettoyer la poussière dans les moindres recoins et laver parfaitement les interminables sols et murs recouverts de carrelage blanc.

Les deux premières pièces étaient des salles de réunion, sans le moindre intérêt pensaient-ils, il n'y avait que des simples fauteuils un projecteur et quelques casiers, tous fermés à clef.

La salle suivante était beaucoup plus vaste et remplie de maquettes d'objets étranges de toutes sortes, placées sur des nombreuses étagères disposées tout autour de la pièce. Ils comprirent très vite que ça pourrait intéresser Jones et Carey. Ivan demanda à son épouse de lui remettre discrètement l'appareil photo qu'elle cachait dans sa poche, puis il lui indiqua aussi de se placer près de la porte pour faire le guet, au cas où un surveillant viendrait les surprendre.

Ivan filma l'ensemble de la salle et prit une photo de chaque maquette, puis ils finirent le nettoyage du lieu et se placèrent à l'extérieur devant l'entrée. C'était le « code » convenu avec les gardiens pour indiquer qu'ils avaient terminé cet endroit.

La quatrième salle était plutôt un atelier d'assemblage très vaste, avec des curieux appareils en construction. Le seul souci, c'était qu'il y avait, d'autres ouvriers qui s'y trouvaient aussi, car la tâche était immense.

L'immense pièce était jonchée d'outils et matériaux de toutes sortes posées sur les nombreuses tables et sur le sol, laissés par les ouvriers spécialisés et les ingénieurs. Le travail de nettoyage était titanesque et demandait un grand nombre d'intervenants, ce qui ne faisait pas l'affaire des « Verniev ».

Ivan eut cependant l'occasion de photographier furtivement quelques exemplaires, même s'il n'était pas très sûr du résultat, étant donné, qu'il fallait être rapide et surtout discret.

Comme prévu Jones et Carey se rencontrèrent deux jours plus tard. Naturellement, les « Verniev » leur remirent la carte contenant les images comme convenu. Jones et Carey la visionnèrent sur un petit appareil adapté à ce format et ce qu'ils découvrirent dépassa toutes leurs attentes. Ils furent tout d'abord surpris par les immenses installations souterraines, dignes d'un film de science-fiction. Mais ce qu'ils découvraient sur les images semblait venir d'une autre planète. Des machines volantes miniatures totalement inconnues, des armes des plus invraisemblables, des systèmes radio, des appareils de prise de vues incroyables, mais aussi beaucoup d'autres machines ou objets qu'ils ne surent qu'elle pouvait être leur utilité, et des plans, beaucoup de plans et croquis de constructions et de recherche insolites.

Pour nos confrères journalistes, c'était des documents d'une valeur incalculable à l'attention de leur journal. Ils tenaient là des renseignements d'une valeur considérable et d'un formidable intérêt pour ses lecteurs, mais aussi pour le pays tout entier.

Et qui plus est obtenus non pas par les services secrets de l'État, mais par de simples journalistes d'investigation.

Jones décida de demander aux époux « Verniev » s'ils étaient d'accord pour faire une nouvelle tentative afin de compléter le reportage. La réponse fut sans la moindre hésitation affirmative. Le lendemain, ils allaient refaire les mêmes gestes, qui se soldèrent par un grand succès en apportant de nouvelles images de grande qualité.

Jones, pour les récompenser leur remit 100.000 Roubles de plus, ce qui comblât nos sexagénaires, qui s'effondrèrent catégoriquement en remerciements.

— C'est nous qui devons vous remercier, vous avez fait pour nous un travail impressionnant. Nous vous en serons éternellement reconnaissants, leur affirma Carey.

— Vous pouvez désormais détruire la caméra que vous avez cachée à l'intérieur, elle pourrait vous compromettre, leur expliqua Jones.

— Nous devons maintenant partir, leur dit Carey, mais vous resterez dans nos cœurs et nous sommes maintenant de véritables amis.

Nous espérons vous revoir un jour, mais cette fois juste pour le plaisir. Carey leurs remis une de ses cartes avec ses coordonnées personnelles.

— Gardez-là bien cachée, elle pourrait terriblement nuire, à vous comme à nous, si jamais elle venait à tomber entre de mauvaises mains.

— Ne vous en faites pas, personne ne la trouvera, soyez tranquilles.

Le couple fondit en larmes.

Jones et Carey reprirent le chemin de l'hôtel à Kiev, avec leurs précieuses informations.

Une difficulté de taille se présentait désormais à eux, il fallait faire parvenir discrètement les cartes à la rédaction du journal de Manhattan.

Jones se méfiait de « Lucas ». Pour lui, c'était avec certitude un agent de la CIA et il serait prêt à tout pour connaitre la teneur de leurs informations et les récupérer pour en empêcher la divulgation.

D'autre part, il y avait le KGB, qui ne laisserait pas aussi facilement éventer de tels secrets.

Nos deux journalistes décidèrent de quitter Kiev, pour retourner à Moscou.

Leur présence à « *Kozatskiy Hotel* », était devenue beaucoup trop voyante d'autant que « Lucas » y séjournait aussi et sa présence pouvait éveiller la curiosité des agents des services secrets Soviétiques.

D'autre part, dans la capitale, ils se sentiraient plus en sécurité, ils savaient qu'ils pouvaient compter sur l'aide de leur collègue « Liam Jharrey », le correspondant permanent du journal. Sans compter qu'en dernier lieu, ils savaient qu'ils allaient toujours pouvoir solliciter de l'aide auprès de leur chancellerie, même si cette éventualité, ne serait naturellement utilisée qu'en dernier recours.

12

Moscou, URSS.

Arrivés à Moscou, Jones avait tenté de joindre « Liam Jharrey » à maintes reprises sans succès. Quelque chose se passait. À aucun moment, ils ne purent avoir la moindre nouvelle de leur collègue.
Ils avaient même contacté le journal à New York, mais ils n'en savaient pas plus, c'était comme s'il s'était volatilisé.

En désespoir de cause, ils appelèrent l'ambassade des États-Unis et les nouvelles qui leur furent donnés étaient des plus inquiétantes. D'après eux, « Liam Jharrey », leur correspondant, avait été arrêté et se trouvait aux mains du KGB. L'ambassadeur avait bien essayé de contacter les services secrets Soviétiques, pour connaître la raison de son arrestation, mais malgré la réponse qui se voulait rassurante, affirmant qu'il était simplement convoqué pour éclaircir certains points, il ne fut pas vraiment convaincu sur la véritable raison de sa détention. On lui avait malgré tout assuré qu'il rentrerait chez lui au plus vite.

Pour Jones et Carey ce fut un véritable choc. Ils pressentaient la gravité de la situation et ils étaient désormais seuls dans cette ville, livrés à leur sort, sans la moindre aide ni assistance. Et en plus avec en leur possession des inestimables informations.

Il fallait réagir rapidement et se mettre à l'abri au plus vite. Les Soviétiques devaient très certainement avoir des soupçons à leur égard, Jones en était persuadé, alors ils décidèrent de se rendre à l'ambassade pour demander conseil auprès des autorités de leur pays et avoir des nouvelles sur le sort de leur collègue détenu par le KGB.

Lorsqu'ils arrivèrent, ils furent reçus par un assistant qu'ils ne connaissaient que trop bien, Lucas Michell.

— Bonjour Carey, bonjour Jones, quelle surprise, que vous arrive-t-il ?

— Bonjour Lucas ! Répondit Carey. Nous n'avons

plus aucune nouvelle de notre correspondant « Liam Jharrey ».

Le secrétariat de l'ambassadeur, nous a simplement dit qu'il est retenu par le KGB, sans autres explications, tu es peut-être au courant de quelque chose de plus ?

— Pas vraiment, il semblerait qu'il y ait eu des fuites, sur des éléments sensibles, mais je n'en sais pas plus, rien de concret.

— Nous sommes vraiment très inquiets ! Ajouta Carey.

— D'après ce que j'ai cru comprendre, ils soupçonnent des journalistes américains, c'est la raison je suppose, pour laquelle ils ont convoqué votre correspondant.

— De votre côté, avez-vous une idée ?

— Pas la moindre, nous ne sommes pas en service pour le journal, c'est une simple coïncidence, assura Jones.

— Une simple coïncidence certainement ! Mais très fâcheuse, semble-t-il. Attendez-moi, je vais essayer d'en parler avec mon supérieur, « Logan Walker » il pourra s'entretenir avec vous au plus vite, l'ambassadeur est en réunion actuellement.

— D'accord nous attendons, ajouta Jones.

— Merci beaucoup, répliqua Carey.

— De rien je t'en prie, je ne fais que mon job.

Une dizaine de minutes après, « Logan Walker » et Lucas étaient de retour.

— Bonjour, vous êtes les fameux journalistes du « *The New York Times* » ! Demanda Logan.

— Bonjour ! Oui effectivement, nous venons aux nouvelles concernant notre correspondant « Liam Jharrey », d'après ce que l'on nous a dit, il a été convoqué ou arrêté par le KGB et depuis il est injoignable.

— Oui, les services secrets Soviétiques sont sur les dents actuellement, avez-vous quelque chose à voir avec cette soudaine agitation ?

— Pas le moins du monde, nous sommes ici juste en touristes, répliqua Jones.

— J'avoue que je ne sais pas quoi penser, pourquoi s'intéressent-ils à votre correspondant ?

— Nous allons voir cela avec l'ambassadeur, ajouta Logan, mais je crains qu'il ne soit pas disponible aujourd'hui. Il a une réunion très importante et son agenda n'est pas libre avant demain dans la matinée. Pouvez-vous repasser vers dix heures du matin ?

— D'accord, si nous n'avons pas d'autre choix, ajouta Jones, d'un air un peu contrarié.

— Attendez ! Ajouta Lucas, avez-vous réservé pour dormir ?

— Non ! Répliqua Carey, nous n'avons pas encore eu le temps de chercher un hôtel !

— Si vous voulez, je peux vous héberger pour cette

nuit, j'ai une chambre libre, vous aurez plus de temps de voir cela demain.

— Jones qu'est-ce que tu en penses ? Demanda Carey.

— Pourquoi pas ? Ça peut très bien nous dépanner ! Cautionnât Jones un peu à contrecoeur.

Une demi-heure après ils étaient en route vers l'appartement de Lucas, situé tout près de l'ambassade.

Arrivés chez lui, il proposa :

— Qu'en pensez-vous ? On prend une petite douche et nous sortons dîner !

— Lucas ! Demanda Carey, j'espère que nous allons dans un endroit modeste, je n'ai pas grand-chose à me mettre.

— Ne t'en fais pas, c'est une petite pizzéria, mais c'est excellent vous verrez. Demain si vous voulez, je peux vous emmener faire un peu de shopping, je connais quelques bonnes adresses.

— Tu crois que c'est vraiment le moment, de faire des emplettes, ajouta Jones ?

— Pourquoi pas ? Au contraire, vous devez vous comporter comme ce que vous êtes, des touristes ! Répliqua Lucas.

— Bon nous verrons cela demain, répondit Jones

Une fois prêts, ils montèrent dans la voiture diplomatique de Lucas et prirent la direction du restaurant. La nuit commençait à tomber sur la capitale Soviétique. Aussitôt le véhicule parti, un homme s'approcha de la BMW de Jones et Carey restée stationnée devant l'appartement de Lucas.

Il plaça discrètement un boitier aimanté sous le plancher du véhicule et regagna une berline noire, où l'attendaient deux autres individus.

Pendant ce temps, ils arrivaient à l'établissement.

Ils furent aimablement reçus par le propriétaire de la pizzéria. C'était effectivement un petit établissement très modeste, mais bien tenu et accueillant, décoré comme il se doit, à l'Italienne. Il ne restait plus que deux tables inoccupées mais le patron leur en proposa immédiatement une, par chance très bien placée.

— Je vous avais prévenu ce n'est pas du même standing que celui de Kiev, mais vous allez voir, je crois que vous ne serez pas déçus.

C'est presque complet la plupart du temps, c'est toujours un bon gage de qualité, je craignais de ne pas avoir de table libre. Le chef est italien, un vrai « cordon-bleu ». Il a sa clientèle très fidèle.

J'adore cet endroit, c'est sans « chichi » et en plus très discret. Ici nous pouvons parler tranquillement. Ajouta Lucas.

— C'est parfait ! Reprit Carey.

— Ce n'est pas toujours le cas dans nos appartements, même si à priori les Soviétiques sont assez respectueux des locaux et véhicules diplomatiques, mais ils le sont beaucoup moins dans nos logements privés, qu'ils placent souvent sous écoute.

— Dis-moi, Lucas ! Interpela Jones.
Quel est exactement ton rôle au sein de l'ambassade ? Sincèrement, je ne crois pas que tu sois un simple attaché culturel n'est-ce pas ?
— Si bien sûr, mais je dois t'avouer que j'ai aussi d'autres activités, comme la plupart de nous tous ici. Jones, si tu permets, moi aussi, j'ai quelques
doutes à votre sujet ! Rétorqua aussitôt Lucas. Je n'ai jamais vraiment cru que vous étiez des touristes ! Je me trompe ?
— Par pitié ! Interrompit Carey, cessons ce petit jeu du chat et de la souris, ça devient ridicule !
Jones et Carey confièrent la véritable raison de leur présence en URSS, sans dévoiler le moindre détail de leurs découvertes.
— L'incident de « North Pole » nous inquiète tous, nos lecteurs ont le droit d'en savoir davantage, ajouta Jones.
— C'est certain, mais nous ne pouvons pas divulguer certaines informations qui pourraient mettre en difficulté notre gouvernement, je pense que vous comprenez aisément cela.
Nos relations sont déjà suffisamment tendues et nous devons tous prendre nos responsabilités.
— J'en suis tout à fait conscient, affirma Jones, mais je n'admettrai jamais la moindre censure.
La conversation commençait à prendre un ton un peu trop vif et acerbe.
— Bon je crois qu'il est temps de se calmer, les gens

commencent à nous regarder, ce n'est pas sérieux ! Pesta Carey.

— Tu as raison. Affirma Jones.

— Très bien, parlons d'autre chose, reprit Lucas. Si l'on commençait par déguster ce petit « Chianti ». La soirée au restaurant se déroula normalement, entre banalités et évocations des souvenirs d'enfance de Carey et Lucas. Le retour à l'appartement se fit plus qu'allègrement entre rires et fous rires, ayant tous passablement exagéré avec l'alcool.

— Allez ! On va prendre un dernier petit verre de la fameuse boisson locale, j'ai une bonne bouteille quelque part.

— Ce n'est pas très sérieux, nous avons déjà bien abusé pour ce soir tu ne crois pas ? Assura Carey, visiblement bien euphorique.

— Juste un dernier ! Insista Lucas, vous verrez cette bouteille à quelques années, je la gardais pour une occasion spéciale et quoi de plus spécial que d'avoir retrouvé mon amie d'enfance et qui plus est en compagnie d'un super mec comme toi Jones !

— Bon, alors nous allons trinquer !

Tous les trois prirent un verre de vodka.

— « *Здравоохранение* » Santé ! Comme on dit ici,

— À notre jeunesse, à nos amours et au futur. Tu sais Jones ! Tu as une sacrée chance d'avoir trouvé une fille comme Carey, c'est une perle rare, ne la lâche pas, ne fais pas la même erreur que moi !

Ces paroles étonnèrent et furent peu appréciées par Jones, il perçut très nettement que Lucas pourrait encore avoir des sentiments autres que simplement amicaux pour Carey.

Mais la surprise, ainsi que son état d'ébriété avancé fit qu'il se garda de manifester la moindre réaction.

La soirée se termina en même temps que la bouteille, tous trois plus « *qu'ébréchés* » et passablement alcoolisés.

— À demain ! Soyez sages, je dors juste à côté !

Essaya d'articuler Lucas, en se dirigeant vers sa chambre.

Jones et Carey regagnèrent aussi la leur.

— Quelle soirée ! Bafouilla Carey.

— Pas sérieux non, pas sérieux tout ça ! Conclut Jones en se laissant tomber sur le lit. Ce furent ses dernières paroles de la soirée.

Le lendemain, Jones et Carey se levèrent avec une épouvantable « gueule de bois ». La cafetière était en route, et sur la table, un petit mot :

« Je reviens tout de suite avec des croissants »

— Jones regarde ! Lucas nous apporte le petit déjeuner c'est aimable de sa part, non ? Mon Dieu ! J'ai un de ces maux de crâne, et toi comment tu te sens ?

— Pas mieux que toi ! J'ai l'impression d'être passé sous un camion !

— Espérons qu'il a de l'aspirine ou quelque chose de semblable, Ajouta Carey.

Juste à ce moment, Lucas arrive avec un sachet de viennoiseries.

— Oh ! Merci Lucas tu nous gâtes vraiment trop. Tu n'aurais pas quelque chose pour...

Sans lui laisser finir sa phrase il ajouta.

— Voici des cachets, j'ai pensé que quelqu'un en aurait peut-être besoin, on a bien fait honneur à la vodka hier soir.

— Oui plutôt, de vrais cosaques, reprit Jones.

Ils prirent tranquillement leur petit déjeuner, puis Carey ajouta :

— Si personne ne voit d'inconvénient je vais prendre ma douche.

Les deux hommes restèrent seuls attablés.

— Lucas, je peux te poser une question indiscrète ?

— Oui, naturellement, dit toujours !

— Excuse-moi, je vais être franc et direct. Quels sont tes sentiments pour Carey ?

— Pourquoi cette question ? Tu les connais bien, nous sommes des amis d'enfance, nous nous connaissons depuis toujours !

— Oui bien sûr, mais vous avez aussi vécu pas mal de temps ensemble, non ?

— Oui, à l'université avant que je m'engage dans les Marines, mais tout ça c'était dans une autre vie, ne me dis pas que tu es jaloux ?

— Non bien sûr, rassure-toi, ma question était complètement stupide, excuse-moi.

Soudain, la sonnerie du téléphone du salon retentit.

Lucas se leva et décrocha le lourd combiné noir en bakélite.

— « *алло* » Allo !

— Ah, c'est vous « Logan », bonjour.

— J'ai de bonnes nouvelles pour tes amis, leur correspondant « Liam Jharrey » a été libéré ce matin, il nous a contactés à l'ambassade, nous avons aussi eu confirmation de la part des services Soviétiques, apparemment il n'y a aucune charge retenue contre lui, tout va bien, tu peux les rassurer, à plus tard !

— Merci, je vais leur transmettre, à tout à l'heure.

— Jones ! Carey ! Votre collègue a été libéré ! S'exclama Lucas.

— Ah bon ? Et comment va-t-il ? Demanda Jones.

— Je n'ai pas plus de détails, mais il est libre et il est rentré chez lui tout va bien.

Carey qui sortait de la douche, apprit aussi la nouvelle avec soulagement.

— Bien Lucas, je vais me laver à mon tour, merci pour tout.

Puis il passa à la salle de bains.

— Finalement tout rentre dans l'ordre ajouta Lucas.

— Oui, merci beaucoup, tu es vraiment un ange.

— Tu sais que je serais toujours là pour toi Carey. Je sais que je me suis conduit comme un imbécile lorsque je t'ai laissée pour l'Armée, je l'ai regretté mille fois.

— Nous étions trop jeunes, la vie est comme ça, on ne contrôle pas tout, mais il nous reste notre amitié.

Jones avait fini de se doucher.

— Bon Carey, nous devons absolument aller voir « Liam ».

Lucas, je suppose que de ton côté tu dois te rendre à l'ambassade pour ton travail.

— Oui, d'ailleurs je devrais déjà y être, désolé de vous presser.

— Pas du tout ! Ajouta Jones, nous devons partir aussi, merci mille fois pour ton aide, accentua Jones.

— Oui ! Encore merci Lucas, conclut Carey, nous aurons l'occasion de nous revoir très bientôt et cette fois tu seras notre invité, mais sans la vodka.

13

La capture.

Jones et Carey se rendirent au domicile de « Liam Jharrey », à bord de leur BMW, sans se douter le moins du monde que leur voiture était surveillée en permanence par la présence du mouchard de localisation qui avait été placée sous le plancher de leur véhicule.
Arrivés sur les lieux, leur collègue était là, et paraissait en pleine forme.
— Liam ! Comment vas-tu ? Demanda Carey. Nous étions très inquiets.
— Beaucoup mieux, rassurez-vous !

Il fit discrètement un signe en plaçant son index en travers de sa bouche, pour leur indiquer de ne pas parler.

— Et vos vacances, comment ça se passe ?

Il fit quelques pas et alluma sa chaine stéréo.

— J'ai été interrogé par les services secrets ! Dit-il à voix basse, je ne sais pas si je suis surveillé, mais je me méfie, ils adorent placer des micros un peu partout, alors il se pourrait que mon appart soit sous écoute, il vaut mieux prendre des précautions.

— Ils ont trouvé quelque chose ? Demanda Jones

— Je ne pense pas, sinon je ne serais pas ici, mais je crois qu'ils ont des forts soupçons et se méfient de tous les journalistes, surtout les Américains.

Jones s'approcha de Liam.

— Écoute bien, nous avons un scoop incroyable. Chuchota Jones à l'oreille.

— Nous avons trouvé la provenance de l'appareil crashé à « North Pole » et ce n'est pas tout, des tas d'engins militaires sont en développement ou en construction dans un bunker, dans la zone de Tchernobyl, pratiquement sous la centrale.

Nous avons de nombreuses photos et des vidéos.

— C'est incroyable ! C'est ahuri ! Comment est-ce possible ? Je suis complètement sidéré. Et vous avez tout ça avec vous ?

— Oui tout est enregistré sur des mini-cartes.

— Des mini-cartes ?

— Oui regarde !

Jones sortit les enregistrements de sa petite sacoche.

— C'est fou ! J'en avais entendu parler, mais comment les avez-vous eus ? Je croyais que ces cartes étaient seulement un projet !

— C'est exact, nous avons eu droit à l'un des prototypes.

C'est une longue histoire, je t'expliquerai ça, le fait est que c'est l'avenir, c'est sûr. Ça rend bien ringards nos mini-appareils photos et les pellicules huit millimètres.

— C'est certain !

— Maintenant, il faut les faire parvenir au Journal ? Tu as une idée ?

— Là, pas la moindre, mais nous allons étudier la question, il doit y avoir un moyen. Nous ne pouvons pas en parler ici, je vais essayer de trouver un endroit discret.

— D'accord ! Au fait Liam, nous n'avons pas encore eu le temps de trouver ou nous loger.

— Ne vous en faites pas je m'en occupe, soyez tranquilles, je vous aurais hébergé chez moi avec plaisir mais je ne dispose que d'une chambre seulement.

— Détendez-vous un peu ici, je vais m'occuper de votre hôtel.

Surtout, ne prononcez pas le moindre mot compromettant à voix haute soyez discrets, à tout à l'heure.

« Liam Jharrey » sortit de chez-lui.

Une demi-heure après il était de retour.

— Voilà tout est arrangé ! Dit-il en leur remettant une clé, vous avez une chambre réservée à l'hôtel « *Izmailovo* » au 71 rue Izmailovskoe j'espère qu'elle vous plaira !

— Merci pour ton aide, nous allons nous y rendre tout de suite. Pour être franche, je t'avoue que nous sommes passablement déboussolés, un peu de repos nous fera le plus grand bien.

— Nous verrons comment faire pour le reste, murmura Jones.

— Oui ! A plus tard ! Confirma Liam.

Jones et Carey partirent à bord de leur véhicule en direction de leur hôtel.

Une limousine noire démarra juste après eux et les prit en filature.

Arrivés à l'hôtel, les deux confrères purent se détendre pendant une bonne partie de l'après-midi.

Le soir, ils se changèrent, puis sortirent pour dîner.

Assis à la table d'un restaurant proche, Jones semblait pensif.

— Carey ! Dit-il, j'avoue que je suis inquiet. Comment allons-nous faire parvenir nos images au Journal ?

Prendre l'avion avec un tel « *bagage* » est beaucoup trop risqué, surtout que nous sommes dans le collimateur des services secrets soviétiques, nous ne passerons jamais la douane.

C'est voué à l'échec, avec en prime, les plus lourdes conséquences pour nous.

— C'est certain, mais comment faire autrement ? Surtout que nous ne pouvons pas penser une seconde en parler à l'ambassade, tout notre travail serait perdu.

— Il doit y avoir un moyen, mais lequel ? Une chose est certaine, nous ne pouvons pas compter sur Liam, il se trouve en première ligne des suspects.

— Carey ! Je suis aussi inquiet pour toi, je ne voudrais pas que tu puisses être incriminée dans cette affaire, je serais plus tranquille si tu rentrais à New York, seule, je verrais comment faire avec l'aide de Liam.

— Jamais de la vie ! Je ne te laisserais pas seul ici, je suis certaine que nous trouverons une solution, insista Carey, en se jetant brusquement au cou de Jones.

— Écoute, ce soir je vais aller retrouver Liam et nous allons en parler, je préfèrerais que tu m'attendes à l'hôtel, ce n'est pas la peine de prendre des risques inutiles.

— D'accord, tu as peut-être raison, mais fais bien attention à toi.

Comme prévu, Jones appela Liam et décidèrent de se voir vers 22 heures chez lui, ensuite ils trouveraient un lieu discret pour parler.

Un véhicule noir avec trois hommes à son bord démarra juste derrière lui.

Vingt et une heures trente, une intense pluie tombait cette nuit, à Moscou, inondant les chaussées de la ville, les faisant ressembler à de véritables ruisseaux.

La trombe d'eau, par son intensité, rendait les panneaux indicateurs et les feux tricolores à peine visibles.

Jones Martins, filait à vive allure seul à bord de sa BMW grise, sur « *Kuemlevskayanab* » qui longe la « *Moskva* ».

Sur la banquette arrière, une sacoche en cuir marron se balançait de tous bords à chaque virage. À l'intérieur : ses papiers d'identité, quelques prospectus et une petite boîte en matière plastique contenant ses microcartes dont il ne se séparait jamais.

Il se rendit compte qu'il était suivi de près par une limousine noire a bord de laquelle il aperçut la silhouette de trois personnages.

Il accéléra l'allure, mais sa BMW devenait incontrôlable.

Soudain Jones prit la sortie à sa droite pour rejoindre la rue Mokhovaya, en essayant de garder la bonne trajectoire du véhicule sur la chaussée inondée.

Il fut aussitôt imité par ses poursuivants. Les deux voitures faisaient des incessantes embardées provoquées par l'intense ruissellement de l'eau sur le bitume, projetant de véritables murs d'eau sur les trottoirs de la ville presque vides ce soir-là. Quelque chose de fâcheux se passait et il décida de se rendre à l'ambassade pour se mettre à l'abri.

Il remonta toute la rue et tourna à gauche dans Vozdvizhenka, puis emprunta l'avenue New-Arbat, en direction de la chancellerie, située au 8, Bolshou Deviatinsky Pereulok.

Juste avant Smolensky Boulevard, sa BMW fit une embardée suivie d'une longue glissade qui se termina par un choc extrêmement brutal sur le bord du trottoir.

Sa roue avant se plia en deux, ce qui immobilisa sa voiture. Jones était conscient, presque indemne mis à part quelques coups sur le torse et à la tête, mais il ressentait une forte douleur à sa jambe gauche.

Il resta sonné quelques instants, puis reprit ses esprits rapidement, ramassa sa sacoche marron, tombée sur le plancher arrière de son véhicule et s'engouffra aussitôt dans le passage souterrain qui permettait de croiser à pied le boulevard.

Il essayait d'avancer en boitant, se tenant la jambe avec sa main gauche, mais la douleur augmentait à chaque pas. La fatigue et la souffrance de sa jambe qui s'aviva soudainement, l'empêchèrent d'aller plus loin, il s'adossa contre le mur, puis il perdit connaissance.

Très vite il fut rattrapé par les hommes, menotté et emmené dans la voiture noire qui disparut dans la nuit. Lorsque Jones, revint peu à peu à lui, il était allongé sur une petite couchette dans une sorte de cellule, aux murs en béton, de couleur grise, avec pour seule lumière, une minuscule ampoule.

Dans un coin, sa couchette des plus sommaires, et dans l'autre, un petit coin toilette. En face, une porte métallique blindée avec une petite ouverture que l'on pouvait ouvrir de l'extérieur, surmontée d'un voyant.

Lorsque Jones reprit complétement ses esprits, il comprit qu'il était retenu prisonnier, mais sans savoir où, ni par qui, mais son intuition ne lui laissait aucun doute quant à la raison.

14

Chez Liam Jharrey

Il est près de vingt-trois heures trente. Liam, inquiet de ne pas voir arriver Jones, appela l'hôtel.
Carey décrocha le combiné.
— Oui ! Liam à l'appareil, c'est toi Carey ? J'attendais Jones à vingt-deux heures et il n'est toujours pas arrivé, il y a un souci ?
— Non ! Jones est parti vers vingt et une heures trente.
— Alors, il devrait être ici depuis plus d'une heure, je suis un peu préoccupé.
— Mon Dieu ! Jones a eu un problème ! Un accident de la circulation peut-être, à cause de la tempête.
— Qu'est-ce que l'on peut faire ?
— Je vais commencer par appeler les hôpitaux, pour savoir s'ils ont des nouvelles.

— D'accord Liam, je vais faire de même, c'est très alarmant, je ne suis pas rassurée du tout.

Ils passèrent la nuit au téléphone, sans le moindre succès.

L'inquiétude de Carey était à son paroxysme car Jones avait radicalement disparu. Les longues et angoissantes heures de la nuit, passèrent sans la moindre nouvelle. En désespoir de cause, Carey se décida à contacter Lucas à l'ambassade mais il n'avait pas la moindre information non plus. Il proposa à Carey de passer le voir à son bureau, les services de l'ambassade pourraient lancer des recherches officielles. Liam, de son côté contacta le Journal à New York, pour informer « Alex Berry », Directeur de la rédaction du journal, de la nouvelle alarmante de la disparition de Jones.

Le matin, Carey se rendit en taxi à la chancellerie.

Elle fut accueillie par Lucas et par « Logan Walker », son supérieur responsable de la CIA à l'ambassade. Logan Walker l'accompagna jusqu'au bureau de l'ambassadeur, « Jackson Green ».

— Bonjour Madame « Roberts », nous sommes au courant de la disparition de votre collègue et je crois aussi ami, « Jones Martins », dans des circonstances troublantes. Rassurez-vous, nous allons faire tout ce qui est en notre pouvoir pour le localiser. Je vais alerter immédiatement les autorités Soviétiques. Soyez tranquille, tout sera fait pour localiser votre ami, dans les plus brefs délais.

— Merci beaucoup Monsieur l'ambassadeur, vous pouvez me joindre à l'hôtel « *Izmailovo* ».

— Très bien, partez tranquille, nous vous tiendrons au courant dès que nous aurons la moindre information.

Elle quitta son bureau, un peu plus rassurée.

Dans le hall, Lucas l'interpela.

— Carey ! Tu es venue en voiture ?

— Non j'ai pris un taxi !

— Alors attend une minute, je te raccompagne à l'hôtel avec mon véhicule !

— Ne t'en fais pas Lucas, je vais rentrer comme je suis venue.

— Il n'en est pas question, je ne vais pas te laisser rentrer seule, allons !

Carey finalement, prit place dans sa voiture.

— C'est très aimable de ta part Lucas, mais ce n'était pas nécessaire, j'aurais pu prendre un taxi.

— Tu plaisantes ! Dis-moi Carey, à quoi servent les amis ?

Je vois que tu es préoccupée par la disparition de Jones, mais rassure-toi nous allons le retrouver, sois en certaine.

Que comptes-tu faire en attendant ?

— Je ne sais pas ! Je vais l'attendre à l'hôtel, j'espère avoir très vite des nouvelles.

15

**Le lendemain vers midi, à l'hôtel
« Izmailovo ».**

La sonnerie du téléphone de sa chambre retentit soudain.
Carey décrocha le combiné.
— Jones ! S'écria Carey.
— Non, c'est Lucas, désolé, je voulais juste savoir comment tu allais !
— On a des nouvelles de Jones ?
— Non, rien pour le moment.
À l'ambassade on pense qu'il pourrait être retenu par les autorités.

Mais rien de probant ni officiel pour le moment, j'aimerais que l'on en parle, je peux passer te voir à l'hôtel ?

— D'accord je t'attends.

Un étrange sentiment mêlé d'une certaine gêne et culpabilité parcourut soudain l'esprit de Carey.

Avait-elle bien fait accepter le rendez-vous de Lucas ?

Elle était mal à l'aise à l'idée de ce tête-à-tête, mais c'était pour elle, la seule possibilité d'avoir peut-être des nouvelles de Jones.

Elle craignait surtout de se retrouver seule avec lui, car elle avait instinctivement senti que son ami et ancien amant, éprouvait encore des sentiments pour elle et de son côté, cette rencontre inattendue avait éveillé en elle un étrange émoi très confus qu'elle croyait enfui pour toujours et qui soudainement refaisait surface. Carey ne savait pas comment gérer tout cela, car elle ne voulait surtout pas compromettre ce qu'il y avait désormais entre elle et Jones.

Après tout ce temps passé, elle voulait croire que l'affection qu'elle croyait avoir gardée pour son ami d'enfance, était purement amicale.

Lucas arriva à l'hôtel, monta jusqu'à la chambre de Carey et sonna à sa porte.

— C'est moi Lucas ! Lança-t-il à travers de la porte fermée.

— Oui j'arrive ! Accorde-moi une seconde.

Carey ouvrit la porte et le fit entrer.

— Lucas, je suis très inquiète, pour Jones, comment peut-on disparaître de la sorte sans laisser la moindre trace ?

— Nous sommes en URSS, ne sois pas étonnée. Ici, la Police et les services d'État s'octroient tous les droits.

— Mon Dieu, que va-t-il se passer maintenant ?

— Tranquillise-toi Carey, tout va s'arranger tu verras ! Affirma Lucas en serrant Carey dans ses bras, tu n'es pas seule, je suis là.

Carey se laissa aller sur son épaule et versa quelques larmes.

— Non s'il te plait, pas ça, je ne veux pas te voir pleurer.

Lucas sécha avec délicatesse ses yeux.

Voilà c'est mieux, puis il posa doucement une bise sur sa joue, puis une autre suivie d'un long baiser sur la bouche.

Carey se laissa faire, alors, Lucas la prit, la souleva et la posa sur le lit de sa chambre et s'allongea doucement à ses côtés.

Carey se jeta dans ses bras et leurs deux corps s'enlacèrent avec frénésie.

Le lendemain, Lucas ouvrit les yeux le premier et pendant un long moment fixa le doux visage de Carey qui dormait encore, puis il passa les doigts dans ses cheveux pour ordonner sa coiffure.

Carey s'éveilla soudainement se frottant les yeux et s'incorpora en essayant de reprendre ces esprits.

— Mon Dieu ! S'exclamât-elle en ramenant le drap sur sa poitrine, on n'a pas fait ça ? Dis-moi que je rêve.
— Tranquillise-toi Carey, ce n'est pas bien grave ce sont les circonstances et puis nous en avions envie tous les deux.
— Non Lucas, je ne peux pas le croire, que vais-je dire à Jones ? Je ne vais pas pouvoir le regarder dans les yeux, je ne veux pas le perdre.
— Rassure-toi, il n'en saura jamais rien, fais-moi confiance, ça restera notre secret.
— Parts te plait, je veux rester seule maintenant.
— D'accord Carey, je m'en vais immédiatement, mais tu ne devrais pas rester seule ici, ça pourrait être dangereux. Je te tiens au courant s'il y a du nouveau à l'ambassade, au sujet de Jones.
Lucas s'habilla rapidement et partit.

16

L'interrogatoire.

Dans sa cellule, Jones était complètement abattu, il n'arrivait plus à réfléchir.
Qu'allait-il lui arriver ? Il savait parfaitement que ce qu'il avait fait était extrêmement grave et qu'on allait certainement le juger pour espionnage.
Combien de temps allait-il passer enfermé dans cette prison ? Les Soviétiques ne plaisantaient pas avec ce genre de délit.
Et Carey, avait-elle réussi à leur échapper, ou avait-elle été arrêtée et où se trouvait-elle maintenant ?
Les idées se bousculaient dans sa tête.

Et puis, il avait tout perdu : ses papiers d'identité, son passeport, son argent, mais ce qui pour lui était plus grave, ses inestimables cartes. Il essayait de savoir à quel endroit il pouvait se trouver. Une chose était certaine, il était quelque part en ville. Il pouvait aisément, percevoir les nombreux tremblements du trafic urbain et même du métro, bien que ceux-ci lui parvenaient extrêmement étouffés. Il avait juste la certitude d'être détenu dans une cave ou un sous-sol. Perdu dans ses pensées, Jones attendait avec crainte le moment où il allait être confronté aux autorités.

Son sort allait vite être fixé. Le grincement d'une clef se fit entendre dans la serrure de la lourde porte de son cachot qui s'ouvrit aussitôt. Deux hommes en uniforme soviétique pénétrèrent, l'agrippèrent fortement par les bras et sans le moindre ménagement l'emmenèrent. Ils arrivèrent dans un petit bureau, à peine plus grand que sa cellule.

Un homme en civil était assis derrière un minuscule bureau, la pièce austère était totalement dépourvue de la moindre décoration.

Les deux militaires obligèrent Jones à s'assoir sur une chaise placée au milieu de la pièce, puis le supérieur fit signe aux gardes de sortir.

— Vous Américain ! Lança-t-il.

Dans un Anglais approximatif avec un accent russe extrêmement prononcé.

— Oui Monsieur ! Je voudrais que vous préveniez mon ambassadeur.

— Plus tard, plus tard ! Que vous faire en URSS ?

— Je fais du tourisme !

— Vous ! Non tourisme, vous espionnage, très grave pour vous.

— Non ! Monsieur ! je suis un simple touriste, je visite votre pays !

L'homme sortit la sacoche de Jones d'un tiroir, et vida son contenu, qui s'étala sur son bureau.

— Vous expliquer quoi être ces cartes ? Et comment vous obtenu ?

Jones ne répondit pas, il se mura dans un complet silence et ignora les nombreuses questions que son interlocuteur continuait à lui débiter. Exaspéré, au bout d'une demi-heure il rappela les gardes qui reconduisirent Jones dans sa cellule.

Un peu plus tard, un gardien lui apporta son repas.

17

Hôtel de Carey.

Dans son hôtel, Carey se morfondait. La situation lui était insupportable et son moral devenait chaque minute de plus en plus sombre.
Elle essaya à plusieurs reprises de téléphoner à
« Liam Jharrey » le correspondant du journal, sans succès. Malgré ses réticences, en dernier recours, elle finit par appeler l'ambassade à la recherche de nouvelles de Jones, mais le secrétariat ne put la rassurer. Désormais, elle se sentait en danger, complétement seule et abandonné.
Vers dix-huit heures, elle reçut un appel inquiétant de Lucas.
— Carey, excuse-moi de te déranger, il y a des

rumeurs au sujet des Autorités qui seraient sur le point de venir t'arrêter, je suis très inquiet pour toi. Je te conseille de ne pas rester dans cet hôtel, tu devrais te mettre à l'abri au plus vite.

— Je te remercie, mais comment faire ?

— J'ai peut-être une idée, mais je crains que tu ne veuilles pas l'accepter.

— Dis-moi !

— Je ne voudrais pas que tu te méprennes sur moi, ce qui s'est passé l'autre jour fut très joli pour moi en tout cas et je ne regrette rien, mais sois tranquille, je sais parfaitement que j'ai laissé passer mon opportunité. Lorsque je suis parti à l'armée, j'ai fait le plus mauvais choix de ma vie, mais maintenant la roue a tourné je sais parfaitement que tu es désormais avec Jones, et je le respecterai absolument.

— Lucas, tu n'es pas le seul coupable, j'ai ma part de responsabilité aussi. J'aimerais que nous restions seulement de bons amis.

— Sois tranquille Carey, c'est aussi mon désir le plus profond, je ne voudrais en aucun cas gâcher cette belle amitié qui nous lie depuis notre enfance. J'aimerais te proposer de t'héberger chez moi, en tout bien tout honneur naturellement. Tu serais plus à l'abri qu'à l'hôtel. Généralement, ils respectent les domiciles du personnel diplomatique.

— Je ne sais pas quoi dire Lucas, c'est très gentil de ta part, mais j'ai peur de ce qui pourrait se passer à nouveau.

D'un autre côté, c'est évident que je serais plus rassurée.

— Ne crains rien, Carey, j'ai bien compris la leçon, je ne vais pas faire deux fois la même erreur, je tiens trop à garder ton amitié.

18

Cellule de Jones.

Notre reporter continuait, retenu dans sa geôle, complètement isolé, sans aucune information sur son lieu de détention, ni la moindre explication sur son sort. Son inquiétude et son angoisse augmentait à mesure que les heures passaient. Après le dîner, il essaya de dormir, malgré son manifeste et insupportable anxiété. Le lendemain, après le petit déjeuner, il fut de nouveau emmené dans le bureau du « chef » pour y subir de nouvelles interrogations.
Jones adopta la même attitude que la veille, il se contenta de réitérer sa qualité de touriste, sans plus.
L'exaspération du « *Supérieur* » était à son comble.

Jones fut reconduit de nouveau dans sa cellule et ne reçut plus la moindre visite, hormis le militaire qui lui emmenait régulièrement les repas.
À l'heure du dîner, le garde lui apporta sa collation comme d'habitude, il lui tendit le plateau du bout des bras ce qui fit remonter les manches de son uniforme et il laissa entrevoir un curieux tatouage.
Jones n'en croyait pas ses yeux.

Il aperçut clairement l'inscription « U S A » sur son poignet.

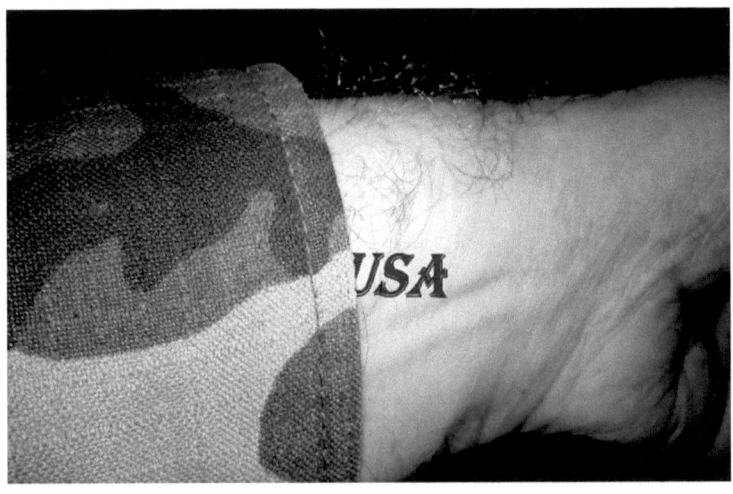

Jones resta de marbre.

Qu'est-ce que cela voulait dire ? Comment un soldat de l'armée Soviétique pouvait-il porter cette mention tatouée sur son avant-bras ? C'était complètement aberrant et absolument impensable qu'un militaire de l'URSS puisse arborer une telle inscription sur son corps, c'était contre toute logique. Il ne comprenait plus rien et la plus grande confusion commençait à envahir son esprit. Il prit malgré tout son dîner, mais avant de terminer il commença à se sentir faible. Son corps tremblait et sa vue se troublait, il essaya vainement de se diriger vers sa couche, fit encore quelques pas, il tituba pendant quelques secondes puis il finit par perdre connaissance et s'écroula lourdement sur le sol.

19

Hôtel « Izmailovo ».

Comme convenu, Lucas passa chercher Carey à son hôtel pour la mettre à l'abri chez lui.
Ils firent le parcours sans prononcer le moindre mot. La gêne entre les deux amis était palpable, on pouvait l'apercevoir dans leurs regards.
Une fois dans l'appartement de Lucas, la pesante atmosphère se dissipa légèrement.
— Carey, installe-toi dans votre chambre comme l'autre fois et sois tranquille, ici tu es en sécurité, ils ne viendront pas te déranger.
— Merci, merci encore, Lucas, je suis un peu plus rassurée.
— Je vais te laisser te reposer, je vais me rendre à l'ambassade pour parler à mon supérieur et voir s'il a des nouvelles de Jones. Ne crains rien, ici tu es à l'abri.

— Tu es vraiment gentil, Lucas, je retrouve bien là mon ami de toujours. Carey sentit désormais, tout son corps se détendre. Elle éprouva enfin une relative sensation de sécurité, mais Jones ne cessait de revenir dans ses pensées : où était-il et comment allait-il, quand allait-elle enfin le retrouver ?

Des tas de questions mêlées d'angoisse et de peur, mais aussi d'espoir envahissaient son esprit.

Lucas partit pour la chancellerie et elle finit par s'assoupir sur le lit, puis épuisé par la fatigue, s'endormit profondément.

Quelques heures après, le bruit d'une clef dans la serrure réveilla Carey, c'était Lucas qui était de retour.

— Tu as fait un petit somme, on dirait ! Lança Lucas.

— Oui, j'étais littéralement exténuée, cette petite sieste, m'a fait du bien.

— Ils ont du nouveau ?

— Non ! Désolé, pas vraiment. Pourtant, l'ambassadeur fait du forcing auprès des autorités, mais je pense qu'ils n'ont rien à lui reprocher, sinon nous le saurions déjà.

Il était dix-huit heures et Lucas proposa d'aller dîner.

— D'accord Lucas, laisse-moi le temps de prendre une petite douche et je suis prête. Vingt minutes après, ils prirent la voiture diplomatique et un peu plus tard, se retrouvaient attablés au « *Moskovsky* », un restaurant chic de « Mokhovaya str. Bld ».

— Lucas, c'est un vrai palace ici !

— Oui, un Palace pour une princesse, non ?

— Arrête, soyons sérieux !
— Je suis sérieux, je t'ai toujours considérée comme telle, depuis la première fois que je t'ai vue à notre école de quartier, tu as été ma petite princesse.
— Tu vois, tu recommences, c'est plus fort que toi, tu ne peux pas t'en empêcher !
— Je n'ai rien dit de mal, c'était la vérité.
— Bon changeons de conversation, que mange-t-on de bon ici ?
Tu aimes les fruits de mer ? Oui bien sûr je le sais parfaitement, d'ailleurs je sais tout de toi, ou presque. Alors nous allons commander un plateau, mais avant je vais te faire gouter un petit vin, tu m'en diras des nouvelles.
— Très bien, c'est toi qui connais je te laisse faire.
La soirée se déroula agréablement dans ce luxueux et chaleureux décor, évoquant des centaines d'anecdotes de leur jeunesse à Albuquerque.
Puis ils regagnèrent l'appartement.
— Merci Lucas, merci pour cette merveilleuse soirée, j'en avais besoin.
— Tu l'as bien mérité Carey et puis c'était très agréable de la passer en ta compagnie, j'en rêvais depuis tellement longtemps.
— C'est très gentil, mais allons dormir maintenant si tu veux bien ! Mais chacun dans sa chambre.
Lucas acquiesça d'un air désolé, mais il avait promis à son amie d'enfance.
Carey lui déposa alors, un doux baiser sur la joue.

— À demain Lucas !
— À demain, ma petite Carey, dors bien.
Puis soudain, elle se ravisa.
— Attends Lucas ! Lança Carey, revenant subitement sur ses pas et se jetant ardemment à son cou.
Excuse-moi, je suis d'une ingratitude intolérable avec toi, tu te conduis en vrai gentleman, tu es bien plus qu'un ami, et je t'ignore avec le plus grand des mépris. Tu ne mérites pas une telle stupidité de ma part.
J'ai envie de passer la nuit dans tes bras, même si demain...
Lucas posa son index sur sa bouche, l'empêchant de finir sa phase, puis l'embrassa fougueusement.

20

Quelque part en pleine campagne.

Jones revint peu à peu à lui.
Il était couché sur le bord d'une petite route de campagne, il faisait nuit et il avait froid.
Tout était désert, pas la moindre lueur d'un village ou même d'une ferme. Personne à l'horizon. Pas un véhicule ne circulait sur cette minuscule route.
Il se leva en titubant et vérifia une à une toutes ses poches, il avait tous ses papiers d'identité et même son argent, mais comme il le craignait, pas la moindre trace des cartes.
N'ayant pas l'infime idée de l'endroit où il pouvait se trouver, ni le moindre repère, il commença à marcher dans une direction au hasard. Jones était épuisé.

Il avait déambulé le long de cette route une grande partie de la nuit. Le jour commençait enfin à se lever et une automobile apparut à l'horizon.

Jones se plaça au milieu de la chaussée et le véhicule stoppa. Un couple de paysans se trouvait à son bord.

Jones demanda par gestes s'ils pouvaient le conduire jusqu'à une cabine téléphonique. Après une légère hésitation, ils acceptèrent de l'emmener jusqu'au prochain village. C'était un petit bourg, comme tant d'autres, dans l'immensité de la campagne de ce pays, il n'y avait personne à cette heure matinale dans l'unique rue, qui le traversait, seules quelques paresseuses lumières ici et là filtraient à travers les fenêtres et essayaient de percer l'épais brouillard de cette glaciale matinée. Arrivés devant l'unique cabine publique de l'endroit, il les remercia infiniment pour leur gentillesse et leur offrit un billet, qu'ils refusèrent catégoriquement. Jones se dirigea vers la cabine et décrocha le combiné, mais il n'obtint pas la moindre tonalité.

Par malchance, le téléphone était hors d'usage. De toute évidence, le sort s'acharnait contre lui.

Il était frigorifié, il sentait à peine ses doigts, fit les cent pas pour essayer de se réchauffer, puis décida d'aller sonner à l'une des maisons éclairées.

Un vieux monsieur entrouvrit sa porte et demanda :

— Привет Почему так ? Bonjour, c'est pourquoi ?

Jones mima le geste de téléphoner pour se faire comprendre.

— *Нет телефона* (Non pas de téléphone)

Человек джут в кабине (Personne ici, jute la cabine)

— *Москве* (Moscou) demanda Jones, c'était un des quelques mots qu'il connaissait de cette langue.

— *Это через* (répondis l'ancien en pointant là direction avec sa main) puis il ajouta :

шестьдесят километров (Soixante Km), en montrant avec ses doigts

— Mon Dieu ! S'exclama Jones, qu'est-ce que je fais ici ?   Comment je vais faire pour rentrer à l'hôtel ?

— *Спасибо* (Merci), dit-il en s'éloignant.

Jones attendit transit de froid et affamé assis sur un muret, le passage d'un opportun véhicule.

Environ une heure plus tard, un vieil autocar arriva sur la route et se détint à son arrêt situé juste à côté. Jones monta à bord et demanda :

— *Москве ?* (Moscou ?)

— *Да* (Oui)

Enfin, la chance lui avait souri. Il paya sa place au conducteur puis il s'assit.

Il était presque midi, lorsque le bus qui fit des innombrables détours dans les villages de la région, arriva enfin à l'une des stations routières de Moscou. Jones, après avoir pris un copieux petit déjeuner, arrêta un taxi et demanda l'hôtel « *Izmailovo* ».

Il arriva à destination et monta aussitôt à la chambre que leur avait réservée « Liam Jharrey » et ou devait l'attendre Carey.

N'ayant pas la clef, il frappa à la porte.

Un homme et sa compagne occupaient désormais leur chambre.

— Désolé ! Dit-il, confus.

Il descendit à l'accueil et interpela le réceptionniste.

— *Комната 43* (chambre 43) « Carey Roberts »

— *Она ушла* (elle est partie)

Jones essaya de se faire comprendre par des gestes, si elle avait laissé un quelconque message pour lui.

— *Нет, ничего* (non rien) affirma l'employé.

— Jones demanda s'il pouvait utiliser le téléphone.

— *Да* (Oui).

Il appela aussitôt son collègue Liam.

— Allo Liam tu as des nouvelles de Carey ? Elle n'est plus à l'hôtel.

— Jones c'est toi ? Où étais-tu passé ? Répondit-il, agréablement surpris d'entendre sa voix.

— C'est une histoire incroyable, je te raconterai. Pour le moment je cherche Carey, elle n'est plus à l'hôtel.

— Elle est peut-être sortie faire un tour ?

— Non ! Elle a rendu la chambre sans laisser le moindre mot.

— Ne t'affole pas, essaie du côté de l'ambassade, ils sauront peut-être quelque chose.

— Ok Liam je vais les appeler !

— D'accord, je vais aux nouvelles de mon côté, on se

tient au courant.

Jones appela aussitôt la chancellerie.

— Bonjour, je suis Jones Martins, pourrais-je parler à l'ambassadeur ou à l'un des responsables ? J'étais retenu prisonnier et je viens d'être libéré.

On lui passa « Logan Walker », le responsable de la CIA.

— Vous allez bien ? Nous étions très inquiets de votre disparition.

— Oui je vais très bien, merci, mais je suis préoccupé, je n'ai aucune nouvelle de ma collègue Carey Roberts, elle a quitté notre hôtel sans laisser la moindre adresse.

— Rassurez-vous elle est en sécurité, elle se trouve chez notre agent Lucas Michell, nous l'avons évacuée pour la mettre à l'abri.

— Merci je vais essayer de la joindre là-bas.

— Très bien ! Passez à nos bureaux dès que possible, nous voudrions éclaircir votre histoire et prendre quelques décisions sur ce fâcheux évènement.

— D'accord très bien, je le ferais.

Jones appela aussitôt chez Lucas.

C'est Carey qui décrocha le combiné, son ami étant parti à l'ambassade.

— C'est toi Jones ? Dieu soit loué !

Chéri, tu vas bien, tu es où ? J'étais morte de peur.

— Sois tranquille, je vais bien, j'ai été emprisonné, j'ai eu très peur pour toi, je n'avais pas le moindre moyen de te joindre.

À l'ambassade, on m'a dit que tu étais chez Lucas pour ta sécurité. Tu vas bien ?

— Oui Jones, je vais bien rassure-toi, viens vite me rejoindre.

— J'arrive, ma chérie, je prends un taxi.

Jones et Carey se jetèrent dans les bras. Ils étaient enfin ensemble. Les mots leur manquaient. Ils demeurèrent enlacés un long et interminable moment sans dire un mot.

— Jones, ne me laisse plus seule, je t'en supplie.

— Oui chérie, je suis là, calme-toi, tout va bien maintenant.

— Tu m'as trop manqué, j'étais seule et désespérée, c'était horrible, j'ai besoin de toi, Jones ! Je ne savais pas ce qui t'était arrivé, j'étais morte de peur, sans la moindre nouvelle. J'imagine que tu étais entre les mains des Soviétiques. Ils t'ont fait quelque chose ? Ils ne t'ont pas torturé au moins ?

— Non rassure-toi, j'ai juste été retenu, mais ils ont étés corrects. En revanche ils m'ont pris les cartes, nous n'avons plus la moindre information pour le Journal.

— Ne t'en fais pas, c'est secondaire, l'important c'est que tu sois de nouveau là et que tu ailles bien.

À ce moment précis, Lucas entra.

— Bon sang Jones ! Tu nous as fait des sacrées frayeurs.

Tu avais disparu de la circulation, nous étions tous très inquiets. Comment tu vas ?

— Beaucoup mieux maintenant ! Ton chef m'a demandé de passer à l'ambassade, tu pourrais m'accompagner ?

— Naturellement, je t'emmène quand tu veux.

— Je vous accompagne si vous voulez bien ! Ajouta Carey.

— Quelle question ? Bien sûr ! Reprit Lucas.

Si tout le monde est d'accord, allons-y maintenant, conclut Jones.

Un peu plus tard dans le bureau de « Logan Walker », Jones expliqua en détail tout son périple, la poursuite dans les rues de Moscou, sa détention et son abandon sur le bord d'une route en pleine campagne.

Il dissimula pourtant le curieux détail du tatouage, sur le bras du soldat, quelque chose le tracassait.

— Bien, dit Logan, nous allons mener une petite enquête de notre côté et l'ambassadeur va faire tout son possible auprès des autorités, pour essayer d'avoir quelques explications, mais je doute beaucoup de leur coopération.

En attendant, le mieux est de rester à l'abri chez notre agent Lucas, je me méfie des hôtels.

Puis ils reprirent le chemin de retour.

Jones ne prononça pas le moindre mot pendant tout le temps du trajet, il était pensif.

— Jones, tu sembles songeur, interpela Carey. Quelque chose te préoccupe ?

Il ne répondit pas, ce qui inquiéta Carey, était-il au courant de ses incartades avec Lucas ? Ou il y avait-il autre chose.

Elle n'osa pas aborder la conversation, ils n'étaient pas seuls. Carey essaya alors, de meubler le pesant silence avec quelques banalités.

Arrivés à l'appartement de Lucas, elle proposa de sortir pour dîner.

— Allez Lucas, emmène-nous dans une de tes bonnes adresses, j'ai envie de fêter le retour de Jones comme il se doit.

— À contrecoeur, Jones accepta et ils partirent pour le fameux « *Moskovsky* » restaurant qu'il avait fait connaitre à Carey pendant l'absence de Jones.

Ils entrèrent et demandèrent une table.

— C'est fabuleux ici ! Je suis épaté ! Réagit Jones un peu plus détendu désormais.

— Oui c'est un lieu très agréable, et les fruits de mer sont délicieux ! Ajouta Carey, se rendant compte immédiatement qu'elle venait de faire une gaffe. Jones réagit aussitôt.

— Tu as l'air de bien connaitre, Carey !

— De réputation seulement, il est sur la liste des meilleurs restaurants de Moscou.

Mais cette pirouette que Carey avait tentée pour se sortir de son mensonge, ne convainc pas tout à fait Jones, qui se montrait de plus en plus sceptique et soupçonneux.

Quant à Lucas, il ne disait mot, il regrettait juste d'avoir emmené Jones à cet endroit.

— Je suppose qu'on va déguster leurs fruits de mer, comme cela nous pourrons juger si la réputation est à la hauteur, qu'est-ce que vous en dites ?

— Pour moi, c'est parfait ! Approuva Lucas.

— Oui moi aussi, j'adore les fruits de mer, déclara Carey.

— Alors c'est parfait ! Coquillages et crustacés pour tout le monde, annonça Jones un tant soit peu sarcastique.

Lucas ! Ajouta-t-il, choisis-nous le vin s'il te plait, je suis un piètre connaisseur.

À ce moment le serveur s'approcha pour prendre la commande.

Pendant qu'ils prenaient l'apéritif, Carey s'absenta un instant pour retoucher son maquillage.

Lucas semblait tétanisé à l'idée que Jones puisse lui demander des comptes, de nouveau au sujet de Carey, mais ce ne fut pas le cas. Il le questionna sur un tout autre sujet.

— Lucas, je sais que c'est un peu délicat ce que je vais te demander, tu me réponds seulement si tu veux ou si tu peux.

Le bâtiment de l'ambassade américaine, n'était-il pas un ancien centre des services secrets soviétiques ?

— Il me semble en effet, j'ai eu des échos là-dessus.

— Il se pourrait donc qu'il subsiste certains vestiges de cette époque ?

— Je ne sais pas, à quoi veux-tu en venir ?
— Non à rien, c'était par simple curiosité.

21

Le départ.

Jones et Carey, décidèrent que leur mission en URSS était terminée et prirent contact avec « Alex Berry », leur directeur de rédaction à New York.
Jones le mit au courant des nombreux évènements survenus, comme son arrestation, sa détention la confiscation de tout leur reportage et les curieuses circonstances de sa libération, mais aussi ses doutes sur les véritables responsables de tous ces rocambolesques évènements.
Cependant ils craignaient d'être interpelés par les autorités lorsqu'ils allaient essayer de prendre l'avion pour rentrer au pays.

Alex leur conseilla d'attendre une bonne semaine et de jouer réellement les touristes en prenant des clichés de tout ce qui pouvait être considéré comme important ou avoir un quelconque intérêt pour des personnes lambda. Visiter les nombreux sites touristiques, les innombrables musées, acheter des souvenirs etc. Enfin tout ce qui pourrait paraitre logique pour des simples vacanciers, au cas où ils viendraient à être surveillés. Ainsi, lors du passage à la douane, ils pourraient donner le change et apparaître comme ce qu'ils étaient censés être.

Jones et Carey prirent donc un hôtel et passèrent une dizaine de jours à visiter tout ce qui pouvait l'être, dans cette bonne vieille ville de Moscou, millénaire et truffée d'histoire à chaque coin de rue.

Pendant tout ce temps, ils ne contactèrent personne, pas même leur ami et correspondant du journal, « Liam Jharrey ».

Après avoir discrètement réservé leurs billets dans une petite agence du quartier, le jour venu ils prirent un taxi pour se rendre à l'aéroport.

La peur au ventre, ils essayaient de ne rien laisser paraître.

Arrivés à destination, ils se présentèrent avec leurs bagages à la douane. Les fonctionnaires fouillèrent méticuleusement tous leurs équipages.

On leur fit signe d'avancer pour déposer leurs valises sur le tapis d'embarquement de soute.

Puis ce fut le moment de passer à la cabine de contrôle.

— *Паспорта !*   Passeports !
Jones et Carey retenaient leur souffle.
— *Вы-отчеты ?*   Vous journalistes ?
— Oui ! Mais pas en mission, nous sommes ici justes en vacances pas pour le travail. Rétorqua Carey en Russe.
— *Ты фотографировал ?*   Et vous avez pris des photos ?
— Oui, il y a beaucoup de belles choses, Moscou est une très jolie ville.
Nous emportons beaucoup de bons souvenirs.
— *И в Киеве тоже, наверное ?* Et à Kiev aussi, je suppose ?
— Ah oui aussi, c'était merveilleux.
Il passa un appel et quelques instants après deux de ses collègues arrivèrent et leurs firent signe de les suivre.
Carey pensait qu'elle allait s'évanouir.
— *Вы должны оставить фотографии, вы можете забрать воспоминания.*   Vous devez laisser les photos, vous pouvez juste emporter les souvenirs.
Ils ne discutèrent pas et leurs remirent les appareils qu'ils portaient en bandoulière.
Les douaniers sortirent les pellicules et leur remirent leurs appareils.
— *У тебя есть еще идеал на тебя ?*   Vous avez d'autres pellicules sur vous ?

Jones fouilla dans les poches de sa veste et leur donna deux autres. Puis, ils les firent passer dans deux cabines. Deux fonctionnaires l'un masculin et l'autre féminin, leurs demandèrent de se déshabiller complètement et ils furent littéralement auscultés jusqu'à leurs endroits les plus intimes.

— *Хорошо, ты можешь идти !* C'est bon, vous pouvez y aller !

Nos deux confrères purent enfin embarquer.

— Je n'ai jamais été aussi humiliée de ma vie, dit Carey.

— Oui ! C'est à peine croyable, de toute façon je n'ai pas l'intention de m'en vanter ! Répliqua Jones.

Quelques heures plus tard, ils atterrissaient à l'Aéroport international John-F.-Kennedy de New York.

— Finalement on s'en est bien sortis, je me voyais déjà dans les geôles soviétiques pour des années, ajouta Carey.

— C'est certain, mais l'ambassade de Moscou nous doit des explications.

— Oui ! Si ce que tu suspectes au sujet de ton enlèvement se révèle exact, c'est une véritable aberration et un comportement inadmissible envers la presse, nous sommes là devant des faits très graves, ils devront rendre des comptes, c'est certain.

— Tu as raison, mais je suis persuadé que toute cette histoire restera malheureusement sans suite.

Jones et Carey regagnèrent finalement leur appartement où ils purent enfin bénéficier d'un repos réparateur bien mérité et d'une bien agréable et appréciable détente en amoureux.

22

Les faits réels.

La réalité des faits, fut complètement différente de ce que l'on se força de faire croire à nos deux journalistes. Malgré le sensationnel et inouï déploiement de moyens utilisés par les agents de l'ambassade pour les induire en erreur et leur faire croire à une intervention des autorités du pays, Jones et Carey ne furent à aucun moment dans la mire des services secrets soviétiques, pendant toute leur instance en URSS.
Jamais ils n'avaient été soupçonnés ni inquiétés et encore moins retenus ou interrogés par un quelconque organisme policier du gouvernement.
Chacun des évènements depuis leur arrivée dans ce pays et leur rencontre avec « Liam Jharrey », le

correspondant permanent du Journal « *The New York Times* », ils furent savamment suivis et orchestrés par les agents de la CIA attachés à l'ambassade des USA, qui réalisa une constante et étroite surveillance de leurs moindres faits et gestes.

« Logan Walker » avait dépêché ses agents à Kiev, parmi lesquels se trouvait « Lucas Michell », qui fut tout naturellement utilisé par son supérieur hiérarchique, pour approcher les deux journalistes, en provoquant une supposée rencontre fortuite, se servant bien évidemment du fait inespéré de sa complicité et son amitié bien particulière avec Carey.

Malgré tout, sa mission fut un total échec. À aucun moment il ne soupçonna nos deux reporters d'avoir rencontré et passé un marché avec le couple de sexagénaires « Ivan et Colinska Verniev » pour les impliquer dans leur enquête et leur faire réaliser des prises de vues à l'intérieur du bunker de Tchernobyl, sans éveiller le moindre soupçon.

Lucas avait failli lamentablement à sa mission, s'étant indubitablement laissé charmer et détourner de son objectif par la rencontre avec son ancienne amie Carey.

Trois autres agents de l'ambassade furent les protagonistes qui piégèrent le véhicule de Jones en y plaçant discrètement un mouchard qui leur permettait de le suivre aisément lors du moindre déplacement.

Ce furent ceux-ci même qui réalisèrent la course poursuite à travers Moscou et exécutèrent la capture de Jones, blessé après l'accident.

Il fut retenu et enfermé dans une ancienne cellule des sous-sols de l'ambassade, gardé par de faux militaires en uniforme Soviétique.

Quant aux interrogatoires, ils furent menés par un agent adoptant l'accent du Pays.

La CIA put ainsi aisément récupérer les cartes contenant les précieuses informations, qui furent aussitôt confisquées et « classées défense ».

Mais malgré le stratagème, ils ne réussirent pas à savoir de quelle manière il les avait obtenues.

La grossière erreur d'un des gardes, laissant apparaitre par mégarde son tatouage, mit la puce à l'oreille de Jones, qui n'eut plus aucun doute sur la nationalité des véritables responsables de sa détention. N'ayant plus aucun moyen de soutirer la moindre information à Jones sans aller trop loin dans l'enfreinte de la loi, ils durent se résigner à le libérer en le droguant à l'aide d'un puissant somnifère introduit dans son repas.

Pour brouiller les pistes, ils l'emmenèrent hors de Moscou et le laissèrent en liberté en pleine campagne. Pour les fonctionnaires de l'État, le principal but fut malgré tout atteint, en s'appropriant les précieuses informations, dont le contenu allait donner un sérieux avantage aux chercheurs Américains.

Jones et Carey ne purent jamais rien publier sur le sujet, n'ayant plus la moindre preuve de leurs découvertes. De plus, aucune enquête ne put être menée contre les services secrets de l'ambassade, au sujet de la détention arbitraire que subit Jones. Tout fut considéré comme une affaire d'État, qui ne pouvait subir la moindre divulgation.

Jones et Carey furent naturellement totalement déçus, par l'incapacité de faire valoir leurs droits, malgré l'énergique intervention de leur supérieur, étant bien évidemment dans l'impossibilité d'apporter la moindre preuve matérielle.

Mais malgré leur indéniable déception, ils eurent maintes occasions par la suite, de prouver leur irréfutable professionnalisme et leur détermination dans de nombreuses sensibles et délicates enquêtes qui leur furent confiées par « Alex Berry », chef de la rédaction.

Jones et Carey sont toujours ensemble au sein du journal, comme dans la vie, plus amoureux que jamais, même si Jones ne fut pas dupe de ce qu'il y eut entre Carey et Lucas lors de leur instance en URSS.

Quelques années après, Carey eut l'agréable surprise de recevoir une ravissante carte postale du couple « Verniev » qui, par on ne sait quel miracle avaient survécu aux puissantes radiations que la région avait subi et qui coulaient toujours des jours heureux et une paisible et confortable retraite dans leur petite maison de toujours en Ukraine, sans jamais avoir été inquiétés.

Pourtant, le monde avait bien changé dans cette région du globe, avec la division des territoires de l'URSS.

Tout d'abord, en juin 1990, « Boris Eltsine » Président du soviet suprême, déclara la souveraineté de la Russie. Puis il y eut la *« Pérestroïka »* et la liberté d'expression « glasnost » apportée par « Mikhaïl Gorbatchev ». Pour finir, le 8 décembre 1991, après les accords de Minsk, les chefs d'Ukraine, de la Russie et Biélorussie décidèrent de dissoudre l'Union Soviétique.

Le Bunker de Tchernobyl fut totalement démantelé et tous les services de recherche furent transférés en Russie dans un endroit secret, inconnu encore de nos jours.

23

Épilogue.

À Manhattan, par une radiante journée d'été, à l'heure de la pause-déjeuner, Jones proposa à Carey d'aller faire une petite balade dans la ville et ils s'installèrent à une terrasse située dans un parc près de la septième avenue pour déguster tranquillement leurs hot-dogs.

Tout à coup Jones se figea et dit à Carey.
— C'est impossible ! Regarde cet homme assis la bas !
Ce n'est pas ton ami Lucas ?
Carey qui se trouvait de dos, tourna la tête et ne sut que répondre.
Effectivement, c'était bien Lucas Michell.

Fin

Du même auteur

— **Notre petite Maison dans la Prairie**
(Récit autobiographique)
— **Les dessous de Tchernobyl**
(Roman)
— **Le Piège**
(Roman)
— **Amitiés singulières**
(Amitiés Amour et Conséquences)
(Roman)
— **Nature**
(Récit)
— **La loi du talion**
(Roman)
— **Le trésor tombé du ciel**
(Roman)
— **Prisonnier de mon livre**
(Récit)
— **Sombres soupçons**
(Roman)

Biographie :

Jose Miguel Rodriguez Calvo
né à «San Pedro de Rozados»
Salamanca (Castille) Espagne
Double nationalité franco-espagnole
Résidence: France

Del mismo autor
Publicaciones en Castellano

— **Perdido**
   (Novela)
— **Tierra sin Vino**
   (Novela)
— **El tesoro caído del Cielo**
   (Novela)

Biografía:

Jose Miguel Rodriguez Calvo
Natural de «San Pedro de Rozados»
(Salamanca) España
Doble nacionalidad hispanofrancesa
Residencia: (Francia)

jose miguel rodriguez calvo